MEURTRE
SUR
INVITATION

DANS LA MÊME COLLECTION :

N° 1 – HIGGINS MÈNE L'ENQUÊTE
N° 2 – MEURTRE AU BRITISH MUSEUM
N° 3 – LE SECRET DES MAC GORDON
N° 4 – CRIME À LINDENBOURNE
N° 5 – L'ASSASSIN DE LA TOUR DE LONDRES
N° 6 – LES TROIS CRIMES DE NOËL
N° 7 – MEURTRE À CAMBRIDGE
N° 8 – MEURTRE CHEZ LES DRUIDES
N° 9 – MEURTRE À QUATRE MAINS
N° 10 – LE MYSTÈRE DE KENSINGTON
N° 11 – QUI A TUÉ SIR CHARLES ?
N° 12 – MEURTRES AU TOUQUET
N° 13 – LE RETOUR DE JACK L'ÉVENTREUR
N° 14 – MEURTRE CHEZ UN ÉDITEUR
N° 15 – MEURTRE DANS LE VIEUX NICE
N° 16 – QUATRE FEMMES POUR UN MEURTRE
N° 17 – LE SECRET DE LA CHAMBRE NOIRE

AUX ÉDITIONS DU ROCHER :

MEURTRE AU BRITISH MUSEUM
LE SECRET DES MAC GORDON
CRIME À LINDENBOURNE
L'ASSASSIN DE LA TOUR DE LONDRES
LES TROIS CRIMES DE NOËL
MEURTRE À CAMBRIDGE
MEURTRE CHEZ LES DRUIDES
MEURTRE À QUATRE MAINS
LE MYSTÈRE DE KENSINGTON
QUI A TUÉ SIR CHARLES ?
MEURTRES AU TOUQUET
LE RETOUR DE JACK L'ÉVENTREUR
MEURTRE CHEZ UN ÉDITEUR
HIGGINS MÈNE L'ENQUÊTE
MEURTRE DANS LE VIEUX NICE
QUATRE FEMMES POUR UN MEURTRE
LE SECRET DE LA CHAMBRE NOIRE
MEURTRE SUR INVITATION
NOCES MORTELLES À AIX-EN-PROVENCE
LES DISPARUS DU LOCH NESS

J.B. LIVINGSTONE

MEURTRE SUR INVITATION

EDITIONS GERARD DE VILLIERS

ISBN 2-7386-0369-6

CHAPITRE PREMIER

Le comte Brian de Letchworth vous prie d'honorer de votre présence la réception qu'il donnera en votre honneur, dans sa propriété de Letchworth, les vendredi 13 et samedi 14 mars. Ces deux journées marqueront sans nul doute l'apogée de votre carrière de collectionneur puisque vous sera remise une pièce rarissime que vous convoitez depuis longtemps.

P.S. 1 : En échange de ce cadeau exceptionnel, je vous serais reconnaissant d'apporter quelques-uns des chefs-d'œuvre de votre collection afin de jouir du plaisir rare de les contempler; bien entendu, toutes garanties de sécurité vous sont offertes : ma parole est engagée.

P.S. 2 : Cette rencontre sans précédent et sans lendemain s'accompagnera d'un meurtre.

Lady Jane Berwick lut trois fois le carton d'invitation et le posa sur sa coiffeuse. La soixantaine presque dépassée, elle paraissait vingt ans de moins. Très belle, la taille fine, la silhouette élancée, elle n'aimait guère son visage, à cause des pommettes un peu trop saillantes et d'un nez un peu trop pointu; de longues séances de maquillage corrigeaient ces légers défauts qui n'avaient guère entravé les démarches d'une cohorte de soupirants, tentés à la fois par l'élégante et magique sensualité de Lady Jane et par son immense fortune. Dotée d'une intelligence vive et d'un esprit critique que redoutait la *high society* — l'aristocrate n'était pas dupe —, elle avait cassé bien des cœurs, les uns sincères, les autres truqueurs, sans éprouver le moindre remords. Dieu et l'Angleterre avaient fait d'elle une grande dame avec le caractère hautain et la morgue seyant à son rang; c'était son destin et elle s'en accommodait à merveille même si ses ennemis formaient des rangs nombreux mais incapables.

Veuve depuis si longtemps qu'elle avait oublié la date de la mort de son mari, aussi riche qu'elle, Lady Jane se consacrait à une passion : collectionner les cannes les plus compliquées, cannes-épées et cannes-revolvers, sculptées dans les bois les plus rares, ornées de têtes fantastiques, de corps de divinités ou de démons, agrémentées de figures sorties du paradis ou de l'enfer. Aucune autre collection au monde ne pouvait rivaliser avec la sienne; il lui manquait malheureusement une pièce fabuleuse, la canne-épée de Cromwell, très simple d'apparence, presque rustique, mais affreusement meurtrière.

Elle étendit la main vers le carton pour le déchirer. Bien sûr, elle possédait plus de mille cannes répertoriées et numérotées, des merveilles que dix musées lui enviaient et auraient achetées à prix d'or... plus quelques cannes non inventoriées qui avaient servi à battre des domestiques. Mais celle de Cromwell! Se rendre à l'invitation du comte de Letchworth l'humiliait au-delà de toute limite... une canne contre son honneur!

Lady Jane se regarda dans le miroir et passa à son

cou trois colliers de perles. Comment oublier la photographie que ce maudit comte avait jointe à son carton d'invitation ? C'était bien le fameux objet qui, d'après des chroniques, avait permis à Cromwell de se débarrasser de bien des gêneurs, et, en prime, Letchworth annonçait un meurtre ! Grotesque. Une personnalité de la dimension de Lady Berwick n'avait pas le droit de céder.

⁂

Tennyson Buzzard, lord et milliardaire, roulait à tombeau ouvert dans sa Bugatti de collection, l'un des modèles les plus anciens encore en activité. Casqué, ganté, la main souple sur le volant, il ne cessait de penser au carton d'invitation envoyé par le comte de Letchworth et de voir la photo de la phénoménale Bugatti, l'une des toutes premières sorties des mains du génial constructeur italien. Le chef-d'œuvre qu'il désirait acquérir depuis tant d'années et que, tout à coup, le comte se proposait de lui offrir ! Avec, en prime, l'invraisemblable annonce d'un crime !

Sa barbe, taillée à la perfection, et ses abondants favoris en frissonnaient. Le foulard jaune protégeant son cou claquait au vent. Dans ses lunettes de pilote, ce n'était pas le pâle soleil de fin d'hiver qui se reflétait mais une voiture de course aux tons chauds et aux chromes étincelants, le rêve de toute une vie...

Si l'offre ne provenait pas du comte, il aurait déjà pris la route. Mais un collectionneur, fût-il le meilleur dans sa spécialité, avait sa dignité. Lord Tennyson ne se rendrait pas à Letchworth, préférant ronger son frein plutôt que d'être déshonoré.

⁂

La plupart des passants saluaient la jolie Kathlyn Amwell dont les vingt-cinq printemps exprimaient un charme délicieusement inaccessible ; blonde, aérienne et gracieuse, elle installait son chevalet dans les rues de la petite ville et faisait le portrait des bourgeois désireux d'être immortalisés. La clientèle ne manquait pas ; non seulement la dessinatrice avait beaucoup de talent, mais encore poser pour elle et surtout la regarder attiraient d'excellents pères de famille en quête d'émotions fortes.

Ce matin-là, en améliorant les traits épais d'un marchand de fromages qui se reconnaîtrait à coup sûr dans un portrait flatteur, la jolie Kathlyn avait l'esprit ailleurs. Elle songeait à l'étrange missive du comte Brian de Letchworth et à la photo d'une paire de lunettes très rare qu'elle aurait aimé ajouter à sa collection. Était-ce bien raisonnable, cependant, d'accepter pareille invitation assortie d'une menace de meurtre ?

Kathlyn Amwell réajusta les lunettes teintées qui avaient tendance à glisser et rectifia le double menton du marchand de fromages afin d'effacer l'injure des ans et de l'embonpoint. Depuis qu'elle vivait en paix et apprenait à découvrir la vie, la jeune fille n'avait plus envie de prendre des risques.

*
**

— Il faut y aller, déclara péremptoirement John Kintbury, banquier de son état.

— Pour une fois, tout à fait d'accord avec toi, répondit son épouse, Margaret, conseillère conjugale.

John, la quarantaine avachie, grand consommateur de whisky et de bière, le teint rougeaud, le nez avantageux, amateur de beau sexe et de randonnées en bateau où il pouvait vider à son aise la cave du navire, ne quittait plus des yeux la photo de la paire de chaussons de danse ayant appartenu à Galinaia Plioutchskaia, une étoile du Bolchoï qui n'avait dansé qu'une seule fois *Le Lac des cygnes* de Tchaïkovski avant d'être poignardée par un amant jaloux. Après avoir commencé par le tutu, le banquier s'était spécialisé dans la collection de chaussons des plus grandes vedettes de la danse classique. Le trésor que lui proposait le comte méritait tous les sacrifices, y compris celui de l'amour-propre.

Margaret Kintbury essuya avec un mouchoir l'insupportable sueur qui glissait sans arrêt le long des ailes de son nez, sans aucune explication rationnelle ou médicale ; lorsqu'elle parlait, de sa voix haut perchée, c'était pire. Aussi donnait-elle le spectacle d'une femme petite, anguleuse, mal fagotée, qui ne cessait d'être affectée d'un rhume imaginaire.

Un peu plus âgée que son mari, Margaret était devenue une bonne commerçante qui savait jouer des angoisses et des peurs pour garnir son compte en banque ; en dépit d'une apparence que d'aucuns jugeaient plutôt désastreuse, elle savait trouver la faille chez le mari jaloux ou la femme déçue ; mais tout cela n'était qu'amuse-gueule à côté de sa véritable passion : les bouteilles de vin historiques. Elle-même ne buvait que de l'eau et ignorait tout de l'œnologie ; mais elle possédait un xeres apprécié par Nelson, un nuits-saint-georges dégusté par la reine peu après le couronnement et même une bouteille de champagne qui aurait dû servir au baptême du *Titanic*. Bref, la conseillère conjugale écrivait l'histoire avec d'inoubliables liquides ; celui que lui offrait le comte Brian de Letchworth lui faisait déjà tourner la tête : le premier bordeaux bu par Churchill au lendemain de la victoire!

— Nous irons, affirma-t-elle. Meurtre ou pas.

— Nous irons, répéta John Kintbury avec conviction.

*
**

Emmett Barkway, chercheur à Oxford, spécialiste des tanagras et des statuettes de terre cuite hellénistiques allant jusqu'aux premiers pieds de lampe alexandrins, collectionneur de réputation mondiale, expert près des tribunaux et des salles de vente, n'en croyait pas ses yeux : il avait bien devant lui la photographie d'un Hermès au caducée offert par un maître sculpteur à l'illustre reine Cléopâtre. Pour tous les érudits, cette pièce avait disparu dans le gouffre de l'Histoire. Et voici que l'excentrique comte de Letchworth lui offrait ce mirage devenu réalité!

N'importe qui aurait perdu la raison. Emmett Barkway était d'une autre trempe et savait peser les mots comme les actes; si le second post-scriptum mentionnait le mot « meurtre », c'est qu'il y avait danger. Et s'il y avait danger, il lui fallait prendre ses précautions tout en espérant obtenir la statuette d'Hermès. Aussi le jeune homme au visage parsemé de taches de rousseur fit-il appel à l'unique personnage capable de lui prêter main-forte, le commissaire-priseur et archéologue Malcolm Mac Cullough.

CHAPITRE II

O plaines, ô monts, ô cascades, ô ruisseaux,
Que n'éprouvez-vous si tôt vos lourds vaisseaux
Sur la mer tortueuse et le fleuve déchaîné
Qui revient à sa source, las et épuisé?

L'ex-inspecteur-chef Higgins relisait le début de *L'Ode au bateau du monde* de Harriett J.B. Harrenlittlewoodrof dont la poésie, à la fois puissante et profonde, touchait de plus en plus le jury du Nobel. Bien calé dans un fauteuil de cuir, le visage légèrement rougi par la chaleur du feu dansant dans la cheminée, celui que l'on considérait comme le meilleur « nez » de Scotland Yard goûtait les heures paisibles d'une retraite heureuse. A ses pieds, digérant une tranche de saumon frais accompagnée d'une macédoine de légumes et d'un gâteau de riz, Trafalgar, un siamois aux superbes yeux bleux, s'était pelotonné en boule afin de mieux rêver au prochain festin.

Bien qu'il fût promis aux plus hautes destinées administratives, Higgins avait choisi de prendre une retraite anticipée dans son coquet domaine familial de The Slaughterers, un petit village du Gloucestershire, loin d'un monde agité où les forbans de tout poil imposaient leur loi chaque jour davantage. L'ex-inspecteur-chef ne se faisait plus guère d'illusions sur l'espèce humaine qui, avec une folie conquérante, courait vers son anéantissement; il continuait pourtant à lire le *Times*, rempli, comme d'ordinaire, de trahisons, de complots et de guerres plus ou moins déclarées.

La journée avait été délicieuse : pluie régulière, vent du nord soufflant en rafales, gémissement des arbres centenaires sous un ciel nuageux, frémissement des eaux de la petite rivière Eye qui coulait devant le vieux manoir aux fenêtres XVIIIe à petits carreaux et au toit d'ardoise. Higgins détestait le soleil et la chaleur, en dépit d'une arthrose aux genoux qu'il soignait par de longues marches quotidiennes dans la forêt, des cataplasmes d'argile et des granulés de *Rhus Thox* de chez Nelson's; il appréciait le climat britannique, saturnien à souhait, qui obligeait la conscience à se regarder en face et favorisait l'épanouissement du regard intérieur. N'eût été le comportement de la gouvernante, Mary, il aurait considéré son existence comme paradisiaque; à soixante-dix ans, Mary avait toujours bon pied et bon œil. Deux guerres mondiales n'avaient pas réussi à détériorer sa santé de fer; lorsque Higgins souffrait d'un rhume, elle le traitait de dissimulateur et d'héritier des mœurs corrompues de Scotland Yard qui, selon elle, abritait davantage de bandits que d'honnêtes gens. Avec son plumeau, Mary avait la détestable habitude d'attaquer des endroits stratégiques comme le bureau de Higgins où chaque document, parfaitement rangé, ne devait pas être déplacé. De plus, Mary croyait au progrès technique et avait installé dans sa cuisine des instruments barbares comme le téléphone.

Un téléphone qui venait de sonner et de provoquer l'irruption de Mary dans le salon où Higgins méditait à loisir.

— C'est pour vous. Un des membres de votre club, un certain Mac Cullough. Je raccroche ou vous venez ?

Mac Cullough n'avait pas coutume d'appeler Higgins chez lui ; la prochaine réunion du club archéologique, où Higgins et ses amis oubliaient parfois les rigueurs de la science, était prévue pour le mois prochain. Cette intervention intempestive ne présageait rien de bon.

Obligé de déranger Trafalgar qui émit un grognement de protestation, Higgins se leva et marcha jusqu'au domaine réservé de Mary ; les mains sur les hanches, elle écouta la conversation.

— Malcolm... un ennui ?

— Un gros ennui, avoua l'érudit écossais : une menace de meurtre.

— Contre toi ?

— Contre le spécialiste mondial des tanagras, un jeune savant nommé Emmett Barkway.

— J'ai lu un de ses articles. Précis, méticuleux et un rien prétentieux.

— C'est tout lui. C'est aussi un grand séducteur.

— Un de tes amis ?

— A vrai dire, non. J'ai un peu honte de te l'avouer... mais j'ai besoin de sa collaboration pour le traité des terres cuites en cinq volumes que je prépare pour l'année prochaine. Si Emmett disparaît, cette œuvre capitale ne paraîtra jamais.

— L'affaire paraît sérieuse, reconnut Higgins. Qui menace ton protégé ?

— Nous l'ignorons ; ce n'est peut-être pas lui la victime désignée.

— Voilà qui ne simplifie pas la situation. Pourrais-tu être un peu plus clair?

— Le comte de Letchworth a invité Emmett dans sa propriété pour lui remettre une pièce de collection inestimable; cette charmante convocation est malheureusement complétée par l'annonce d'un crime.

— Décision de ton expert?

— Accepter quand même l'invitation. Te rends-tu compte : la statuette disparue d'Hermès au caducée!

— Dans ces conditions...

La voix de Malcolm Mac Cullough devint plus grave. Il prononça les mots que Higgins redoutait d'entendre.

— Au nom de notre vieille amitié, Higgins, je te demande de procéder à une enquête rapide pour savoir s'il s'agit ou non d'une plaisanterie. Toi seul es capable d'analyser la situation et d'éviter un désastre.

— Tu me surestimes, Malcolm.

— Tu sais bien que non. De plus, j'ai une excellente nouvelle.

— Ah?

— Le domaine du comte est à moins d'une heure de chez toi et je t'envoie un chauffeur. La réception débute demain après-midi. Dès que l'affaire est réglée, tu viens dîner à la maison. Je viens d'inventer une recette de pudding aux champignons, à la crème fraîche et à la confiture d'abricots que tu n'oublieras pas de sitôt.

Higgins se prit à rêver que son enquête ne se terminât point; son foie résistait difficilement aux plats risqués de Malcolm Mac Cullough.

— Merci d'avoir accepté, clama l'Écossais, ému.

Higgins raccrocha, pensif. Mary le dévisagea avec sévérité.

— Vous voilà encore reparti dans un mauvais coup ! A votre âge...

— Je suis en excellente forme et l'amitié est une valeur qui ne se discute pas.

La gouvernante haussa les épaules.

— Avec des raisonnements de ce genre, jusqu'où irait-on ?

CHAPITRE III

Le chauffeur promis par Malcolm Mac Cullough vint chercher Higgins à seize heures. L'ex-inspecteur-chef, vêtu d'un costume croisé bleu nuit taillé à la perfection par Stovel and Mason, s'était muni d'une mallette de voyage contenant des vêtements, un nécessaire de toilette et des médicaments d'urgence. Son instinct lui prédisait une affaire beaucoup plus complexe qu'il n'y paraissait à première vue.

En consultant sa collection de carnets noirs, l'ex-inspecteur-chef n'avait trouvé aucun indice mêlant le comte Brian de Letchworth à un quelconque problème criminel ; en revanche, des articles du *Times* mentionnaient son extravagance proche du dandysme, un goût pour les collections d'objets orientaux et une attirance notoire pour les jolies femmes, fussent-elles excentriques. Héritier d'une fortune considérable et bien gérée, le comte aimait les voyages mais résidait souvent dans sa vaste demeure de Letchworth perdue au fond d'un bois. Célibataire endurci, il avait scandalisé ses pairs à plusieurs reprises par des déclarations fracassantes comme : « L'Angleterre n'est plus une île » ; « l'Inde ne nous appartient plus » ; « la monarchie n'est que la monarchie » et autres rodomontades qui l'avaient brouillé avec quantité de personnages influents. Le comte n'en poursuivait pas moins son parcours solitaire et atypique : aussi, en fonction de son comportement, son carton d'invitation pouvait-il paraître presque normal. Mais Higgins jugeait le mot « meurtre » singulièrement dénué d'humour et se demandait si d'autres collectionneurs avaient été conviés à cette réception peu banale ; en ce cas, il s'agissait d'un plan élaboré soit par un provocateur soit par un authentique criminel. Higgins dut reconnaître que l'énigme piquait sa curiosité.

Route étroite bordée d'arbres, tracé sinueux, clôtures se perdant dans les haies : sous une pluie discrète et constante, la campagne anglaise verdoyait, indifférente aux bassesses humaines. Le véhicule s'engagea dans une longue allée de terre ; une simple pancarte de bois, à demi effacée, indiquait : « Letchworth ». Higgins apprécia le calme des lieux, il aperçut des rouges-gorges, des mésanges et même un pivert ; les terres du comte demeuraient un espace libre, presque sauvage, où il était facile de se perdre.

Enfin apparut la vaste demeure, construite dans un style néo-roman où se mêlaient des influences françaises, italiennes et hindoues ; le plus imaginatif des architectes y aurait perdu son équerre. Palais, château, village, assemblage hasardeux de corps de bâtiments, Letchworth était tout cela et plus encore : un pays à part.

La voiture s'arrêta devant un immense perron encadré de deux hautes tours voulant ressembler à des édifices vénitiens ; Higgins descendit et contempla cette entrée monumentale. A l'instant où le chauffeur repartait, une alerte servante apparut au sommet des marches. Brune, vêtue en noir et blanc comme le voulait la tradition, coiffée d'un bonnet, elle offrit un sourire mutin au visiteur.

L'ex-inspecteur-chef monta lentement vers elle, sa mallette de voyage à la main.

— Monsieur pourrait-il me montrer son carton d'invitation ?

— Je crains que non, mademoiselle.

— L'auriez-vous oublié ? En ce cas, donnez-moi votre nom ; il doit figurer sur la liste des invités.

— Cela me surprendrait beaucoup.

Les yeux noisette de la servante vacillèrent.

— Je ne comprends pas... pardonnez mon indiscrétion, mais... qui êtes-vous ?

— Higgins, Scotland Yard.

La jeune femme sursauta.

— La police ! Pourquoi...

— Je suppose que vous avez lu le texte du carton d'invitation.

— Bien sûr que non, se rengorgea-t-elle. C'eût été affreusement indiscret.

— Eh bien, disons... que vous y avez jeté un œil.

Elle sourit à nouveau, de plus en plus charmante.

— Je ne peux pas le nier, inspecteur. Ce n'est quand même pas un crime...

— L'annonce d'un meurtre devrait éclaircir les raisons de ma présence.

— Sous cet angle, en effet... sans doute désirez-vous voir M. le comte ?

— Votre perspicacité est redoutable.

Elle esquissa une révérence.

— Mon nom est Despina. Puis-je prendre votre bagage ?

— Mon bras est plus solide que le vôtre, estima Higgins. Être guidé par vous sera un privilège.

Elle s'inclina. Higgins nota qu'elle portait au cou une perle rare ornant l'extrémité d'une épingle dorée.

Despina et Higgins passèrent sous une tour au toit rond et s'engagèrent dans un vaste espace, une cour bordée de bâtiments aux façades orangées. Sur la gauche, selon les indications de Despina, la salle à manger; au fond, le musée des collections; à droite, la salle des trésors accumulés par le comte, environnée d'une quantité de chambres. La servante conduisit l'ex-inspecteur-chef jusqu'au bureau du maître des lieux, situé dans un bâtiment à deux étages jouxtant le musée des collections.

Despina frappa doucement. Quand le comte ouvrit, Higgins crut saisir un regard complice entre l'aristocrate et sa domestique.

— Que se passe-t-il, Despina?

— Un visiteur inattendu, monsieur le comte : M. Higgins, de Scotland Yard.

Le comte Brian de Letchworth ne réagit pas. Agé de cinquante-cinq ans, petit, le crâne allongé, il était vêtu avec recherche; son costume trois pièces s'agrémentait d'une chemise à jabot et sa chevelure blanchissante, très parfumée, se composait d'ondulations complexes. Aux deux index, il portait des jades; tout en lui traduisait la fin d'une lignée dont il était le dernier représentant; la famille des Letchworth, comme l'indiquait le *Times*, s'éteindrait avec le comte Brian.

Le bureau ressemblait à un musée encombré d'une quantité incalculable d'objets : livres aux dorures fanées, sculptures orientales, photographies de paysages de l'Inde, chevaux de jade, tableaux naïfs représentànt Krishna, Shiva et Vishnou.

— Heureux de vous accueillir, inspecteur. Puis-je connaître les raisons de votre étrange visite?

— Un appel amical. M. le comte.

— Que collectionnez-vous?

— Les crimes.

Brian de Letchworth sourit.

— En ce cas, vous ne déparerez pas la société de brillants personnages qui va se constituer ici même d'une minute à l'autre. Mais votre ami...

— Il m'a averti que vous annonciez un meurtre.

— Il ne vous a pas menti. Désirez-vous lire mon carton d'invitation?

Higgins consulta le curieux texte qui l'avait obligé à quitter la paix de son domaine.

— Moins ma collection augmente, indiqua-t-il, plus je suis content; je n'aimerais pas lui ajouter une nouvelle pièce.

Despina ne s'était pas éclipsée et le comte ne lui en avait pas donné l'ordre; la servante, néanmoins, savait se rendre presque invisible et ne perdait pas un mot du dialogue.

— Vous n'auriez pas dû venir, inspecteur.

— Après une telle menace...

— Il ne s'agit pas d'une menace.

— De quoi d'autre?

— D'une surprise, M. Higgins, d'une énorme surprise! J'ai employé le mot « meurtre » parce qu'il correspond bien à la réalité; néanmoins, ce crime-là n'entrera pas dans le champ de vos compétences.

— Dans quel champ, en ce cas?

— Celui des collectionneurs, uniquement celui-là et aucun autre!

— Le ciel vous entende, M. le comte.

Brian de Letchworth se détendit et s'assit sur le rebord de son bureau.

— Restez avec nous, M. Higgins, vous assisterez à

ma petite réception et jouirez, comme mes invités, de cette belle surprise.

Le comte aperçut la mallette de voyage.

— Vous l'aviez d'ailleurs prévu, me semble-t-il.

Le bruit d'un moteur de voiture de course alerta Despina.

— Mon premier invité est arrivé, dit Brian de Letchworth, alléché.

CHAPITRE IV

Despina courut chercher Tennyson Buzzard qui fit irruption dans la grande cour, casqué, ganté et botté, son éternel foulard jaune autour du cou.

— Ma Bugatti est garée devant chez vous, dit-il au comte. Où se trouve celle que vous m'avez promise en m'envoyant cette photo ?

Lord Tennyson brandit la pièce à conviction. Chaleureux, son hôte posa les mains sur ses épaules.

— Un peu de patience, mon cher Tennyson ! Chaque chose en son heure ; je suis très heureux de vous accueillir dans mon modeste domaine. Despina va vous conduire à votre chambre ; rendez-vous au salon d'honneur à dix-huit heures.

L'amateur de bolides anciens marmonna quelques mots incompréhensibles puis remarqua la présence de Higgins.

— Un nouveau domestique ? Tout le monde dit que vous n'employez que Despina.

— Ce monsieur est un inspecteur du Yard.

— Le meurtre ?

— D'une certaine manière, mon cher lord, il veillera sur notre petite fête. Comme vous le constatez, j'ai pris toutes mes précautions.

L'œil soupçonneux, Tennyson Buzzard passa devant Higgins et disparut dans un long couloir, suivant Despina.

Quelques minutes plus tard arrivèrent les Kintbury auxquels le comte réserva un accueil un peu plus distant. Quand il leur présenta Higgins, John Kintbury eut un mouvement de recul et se réfugia derrière sa femme qui, elle, tint tête.

— Vous êtes venu pour nous protéger, n'est-ce pas? Pas de meurtre, seulement des cadeaux : voilà mon exigence.

— C'est également la mienne, précisa le comte. En douteriez-vous?

— Pourquoi avoir annoncé un crime? s'insurgea-t-elle d'une voix nasillarde en pressant son mouchoir contre l'aile gauche de son nez.

— Voyons, chère amie! Ce terme peut revêtir quantité de significations... celle que j'ai choisie, croyez-moi, ne met pas votre sécurité en péril.

L'œil de Brian de Letchworth se fit malicieux; il se pencha vers la conseillère conjugale.

— Du moins pas directement, murmura-t-il.

Margaret Kintbury sursauta.

— John! Es-tu certain que nous devons rester?

— Puisque la police est sur les lieux... et puisque les cadeaux sont si somptueux...

— Tu as raison, John! Nous ne reculerons pas devant le danger. Eh bien, allons-y!

Pendant que Despina guidait les Kintbury vers leur chambre, Kathlyn Amwell fit son apparition dans la grande cour; le comte la salua avec déférence.

— Quelle surprenante invitation, déclara-t-elle, distante.

— Une collectionneuse de votre classe ne devrait

pas être surprise ; d'autres moments exceptionnels ont dû jalonner votre jeune carrière.

— Aucun ne peut être comparé avec celui-là.

— Vous m'en voyez ravi, Mlle Amwell; j'étais persuadé que mon message ne resterait pas lettre morte.

— Pourquoi évoquer un meurtre?

— Pour mieux vous surprendre, mon enfant!

Derrière les lunettes fumées, les yeux de la dessinatrice sourirent.

— Monsieur est votre assistant? interrogea-t-elle en regardant Higgins.

— Il le devient, mais demeure inspecteur du Yard.

Elle poussa un soupir de soulagement.

— Sa présence est rassurante.

— J'espère ne pas vous décevoir, dit Higgins.

La jeune femme détailla l'homme du Yard, apprécia son élégance naturelle, sa moustache poivre et sel finement lissée, ses tempes grisonnantes et son allure pacifique.

Emmett Barkway bouscula presque la dessinatrice pour affronter le comte.

— Me voici, déclara-t-il avec arrogance. J'ai longtemps hésité mais votre proposition m'intéresse... à condition que ma sécurité soit garantie ! Cette histoire de meurtre ne m'amuse pas du tout.

— Soyez tranquille, cher monsieur; vous avez devant vous l'inspecteur Higgins.

— Il devrait arrêter sur-le-champ un personnage aussi grossier que vous, estima Kathlyn Amwell en s'adressant au rouquin.

— Je regrette que les femmes aient droit à la parole, rétorqua-t-il sèchement ; la plupart du temps, elles ne profèrent que des sottises.

La jeune femme rompit la lutte et s'éclipsa; le spécialiste des terres cuites serra la main du comte, au mépris de toute la tradition britannique.

— Pardonnez-moi cette émotion, mais j'ai vraiment eu peur. Je vois que mon intervention n'a pas été inutile.

Emmett Barkway sortit d'une poche la photo de l'Hermès au caducée.

— Vous possédez vraiment cette terre cuite?

— Ma parole n'a jamais été prise en faute, affirma le comte.

— Je peux la voir tout de suite?

— Pas de traitement de faveur, cher ami.

— Me faudra-t-il attendre encore longtemps?

— Au moins jusqu'au meurtre.

L'érudit se tourna vers Higgins.

— Vous êtes là pour...

— ... éviter un drame, en effet.

— Dans ces conditions, je reste.

Quand Despina, après avoir montré sa chambre à Emmett Barkway, revint dans la cour, Lady Jane échangeait quelques propos mondains avec Brian de Letchworth et Higgins qui venait de lui être présenté; le temps gris, le Derby d'Ascot et le tournoi de tennis de Wimbledon étaient des sujets de conversation obligés entre gens du monde. Mais l'apparition de la domestique fit craquer le vernis.

— Qui est cette personne?

— Despina, répondit le comte; elle s'occupe du domaine.

— Seule?

— Seule.

— C'est difficile à croire, jugea Lady Jane.

— Pourquoi donc?

— Un homme comme vous, mon cher comte... une femme aussi belle... la conclusion s'impose.

— Il faut se méfier des évidences, Lady Jane; vous êtes ravissante. Les mots les plus poétiques ne parviendraient pas à décrire votre beauté! Accepterez-vous un jour de me donner le secret de votre inaltérable jeunesse?

L'aristocrate demeura de marbre, comme si les compliments ampoulés du comte l'indifféraient. Higgins fut surpris de cette absence de réaction. Certes, Lady Jane était une fort belle femme; de plus elle pratiquait à la perfection l'art d'effacer la trace des ans. Mais la déclaration de Brian de Letchworth ne manquait pas de flamme; le cœur de Jane Berwick était-il de glace?

— Vous devriez vous débarrasser de cette petite, recommanda-t-elle, et la remplacer par des domestiques consciencieux.

— J'y songerai, répondit le comte, aimable.

— A quoi correspond cette volonté meurtrière, mon cher Brian?

— N'avez-vous pas deviné?

— J'avoue que non; j'avoue également que la présence de M. Higgins est plutôt réconfortante. Personne n'a jamais parlé du comte de Letchworth comme d'un monstre sanguinaire, mais ce bizarre post-scriptum...

— Un peu de patience, Lady Jane, et vous ne serez pas déçue.

Elle se tourna vers l'ex-inspecteur-chef.

— Vous êtes bien silencieux, M. Higgins.

— Il le faut bien, Lady Jane. Mon rôle consiste d'abord à écouter; s'il y a un assassin parmi cette brillante assemblée, je le détecterai d'abord avec mes oreilles.

Lady Jane toussota, irritée. Le comte passait pour un excentrique ; ce policier, certes élégant, ne paraissait guère plus raisonnable que Brian de Letchworth.

CHAPITRE V

Dans sa chambre, située dans le bâtiment construit sur la droite de la tour d'entrée, Higgins fit un premier point sur la situation. L'endroit, surchargé de bibelots asiatiques anciens et modernes, ne se prêtait guère à la réflexion; l'instinct de l'ex-inspecteur-chef se perdait dans les coupelles à encens, les éléphants de jade, les statuettes de génies à plusieurs têtes et à plusieurs bras. Sa pensée était affaiblie par une persistante odeur d'encens qui imprégnait les murs; aussi ouvrit-il la fenêtre pour contempler la grande cour. Une pluie fine tombait; la température ne devait pas dépasser 10 ° C, ce qui était fort convenable pour une fin d'hiver. L'air et le vent revigorèrent Higgins qui aboutit à une première conclusion : cette demeure avait tenté de l'anesthésier. Restait à savoir si le comte agissait consciemment, avec un plan précis, ou s'il improvisait.

Un meurtre... un meurtre serait-il vraiment commis à Letchworth? Certes, Emmett Barkway eût mérité une sévère correction; son comportement de goujat le désignait-il d'emblée comme victime? Il était bien trop tôt pour répondre à ces questions. Travaillant comme un vieil alchimiste, Higgins refusait les *a priori* et laissait s'entasser dans son athanor les éléments d'une enquête avant de les trier, de les organiser et de dégager une architecture qui n'était pas la sienne, mais celle de l'assassin.

Un assassin qui ne s'était pas encore manifesté ; un crime qui n'avait pas encore été commis, un meurtre qui se résumait peut-être à une farce entre collectionneurs... un piège stupide refermé sur Higgins ? S'il en avait été ainsi, rien ne l'aurait empêché de partir. Comme une force mystérieuse le retenait, ce ne pouvait être l'effet du hasard.

Le comte de Letchworth, dans un somptueux smoking grenat, vint le chercher peu avant dix-huit heures.

— Pas trop déçu, inspecteur ?

— Pourquoi le serais-je ?

— L'absence de drame ! Rassurez-vous, il arrive. Confidentiellement, j'en serai à la fois l'auteur et la victime. Stupéfiant, non ?

— Une rareté, en effet.

Les deux hommes sortirent dans la grande cour et la traversèrent pour atteindre, de l'autre côté, le bâtiment tout en longueur où se trouvaient le salon d'honneur et la salle à manger.

Despina, robe noire, tablier et bonnet blanc, escarpins vernis, regard vif sans cesse en mouvement, avait dressé un superbe buffet : toasts au saumon, au caviar et aux concombres, champagne et petits fours frais. Les invités avaient déjà un verre en main mais l'atmosphère était glaciale. Personne ne parlait ; chacun, à l'exception des Kintbury, serrés l'un contre l'autre, avait choisi une portion du territoire et s'y tenait. La disparité des vêtements accentuait le caractère étrange de la réception ; Lady Jane, en robe fourreau argentée, brillait de tout son éclat; Kathlyn Amwell semblait un peu terne dans un tailleur rose pâle de confection; Lord Tennyson n'avait pas quitté sa tenue de pilote; Emmett Barkway, avec son pull en jacquard écossais et son pantalon bouffant, affichait son récent passé d'étudiant; John Kintbury, engoncé dans un costume gris un peu élimé, affichait sa respectabilité; son épouse, Margaret, semblait perdue dans un corsage trop lâche et prisonnière d'une jupe trop étroite.

— Il est six heures et deux minutes, observa Emmett Barkway, énervé. En tant qu'érudit, j'aime la ponctualité.

Le comte demeura fort civil.

— Comme vous avez raison! Le monde meurt de ses retards incessants et de ses rendez-vous manqués avec l'Histoire; ce ne sera pas le cas aujourd'hui.

Tennyson Buzzard brandit la photo et marcha vers Brian de Letchworth.

— Ma Bugatti! Où est-elle?

— Dans mon musée, avec les autres cadeaux promis : je n'ai qu'une parole.

— Alors, tenez-la!

— Bien volontiers; mais j'avais posé une condition.

Le couple Kintbury s'avança. Margaret ouvrit un sac de voyage.

— Regardez vous-même : voici cinq de mes plus précieuses bouteilles historiques.

John Kintbury l'imita.

— Voici mes dix plus fameuses paires de chaussons de danse; je ne m'en sépare jamais. La nuit, ce sac me sert d'oreiller.

— Soyez remerciés pour votre confiance, apprécia le comte. Et vous, Mlle Amwell?

La portraitiste présenta une boîte en métal recouverte de tissu; à l'intérieur, des compartiments où étaient rangées une vingtaine de paires de lunettes anciennes.

— Mes engagements ont été respectés; à vous de tenir les vôtres.

Le comte inclina la tête puis s'adressa à Lady Jane.

— Et vous, chère amie?

— Regardez là-bas, à l'angle du buffet : cette housse contient quatre cannes uniques au monde. A l'exception de mes autres pièces, ce ne sont pas des armes dissimulées mais des chefs-d'œuvre de sculpture que personne, à part moi, n'a contemplés depuis des siècles. Elles sont probablement dues à Michel-Ange et symbolisent les quatre continents : une tête de femme blanche, une seconde de Négresse, une troisième d'Asiatique et une quatrième d'Indienne. J'ai interdit à quiconque de s'en approcher hors de ma présence et sans ma permission. Tous mes domestiques ont été prévenus; l'avertissement vaut pour les personnes présentes.

Chacun prit au sérieux les menaces; le toussotement hautain de l'aristocrate résonna dans le salon d'honneur de manière sinistre.

— Je n'en attendais pas moins de vous, apprécia le comte. Je suppose que M. Barkway ne s'est pas dérobé, lui non plus?

— Un Barkway, et qui plus est un grand savant, ne redoute aucun examen. Voyez vous-même.

Emmett Barkway écarta les pieds, découvrant une petite caisse métallique; il se pencha, ôta le couvercle. Dans quatre compartiments soigneusement protégés contre les chocs étaient déposées quatre statuettes en terre cuite représentant des Apollon nus.

— Le plus beau résultat d'une fouille clandestine pratiquée à Alexandrie ; j'ai fait arrêter les voleurs et récupéré ce trésor inestimable à propos duquel je prépare une publication. Inutile de préciser que tous les érudits en sont malades de jalousie ; mes collègues se damneraient pour étudier de près ces Apollon parfaitement intacts.

— Je vous en félicite. Il ne reste plus que vous, Lord Tennyson. Je reconnais que votre collection n'est pas facile à transporter...

— A Buzzard, rien d'impossible ! rétorqua le pilote, sûr de lui. Il est six heures neuf... dans une minute, trois de mes merveilles s'arrêteront devant votre perron.

De fait, des bruits de moteur annoncèrent l'arrivée des Bugatti. Le comte, Higgins et Lord Tennyson sortirent du salon pour les contempler ; puis les chauffeurs les rangèrent au garage, situé à gauche du perron. Les chauffeurs dormiraient dans les voitures jusqu'au terme de la réception ; ils avaient emporté vivres et couvertures.

— On n'est jamais trop prudent, estima Lord Tennyson.

— Vous avez raison, reconnut le comte. Protéger vos trésors est aisé ; pour ceux de vos collègues, je propose la plus sécurisante des solutions.

Brian de Letchworth l'exposa sans tarder à ses hôtes : chacun porterait lui-même ses pièces favorites dans le musée des collections, sous la surveillance de Higgins. L'idée fut acceptée et la procession commença ; les Kintbury déposèrent ensemble leurs sacs contenant chaussons de danse et bouteilles historiques ; Kathlyn Amwell les suivit, avec sa collection de lunettes ; puis vint Lady Jane qui refusa au comte l'autorisation de l'aider à porter les cannes; Emmett Barkway, tenant devant lui son précieux reliquaire, ferma la marche.

Le musée présentait toutes les garanties de sécurité : une seule fenêtre munie d'une double rangée de barreaux et deux vitrages à l'épreuve des balles, des appareils régulant l'humidité de l'air et une porte blindée inviolable.

Chaque collectionneur se pencha à plusieurs reprises sur son trésor avant de déclarer que tout était en ordre; le comte exhiba une clé plate.

— Je la confie à l'inspecteur Higgins pour qu'il ferme lui-même à clé la porte du musée. Ensuite, il me la remettra et je deviendrai l'unique responsable de la sécurité de vos magnifiques collections qu'il m'a été donné de contempler. Soyez-en remerciés. Leur séjour dans ma demeure sera de courte durée, mais restera inoubliable.

Higgins s'exécuta. Le comte empocha la clé.

— A présent, dit-il avec gravité, je vous invite à retourner au salon d'honneur. Le moment est venu de m'expliquer.

CHAPITRE VI

Dans la grande pièce ou Despina avait cessé d'offrir des coupes de champagne, l'atmosphère, déjà tendue, devint franchement crispante. Le comte défroissa les dentelles de son jabot et se plaça face à ses invités qui s'étaient rapprochés les uns des autres pour former un groupe apparemment uni.

Higgins, sur le côté, nota quelques attitudes significatives. Lady Jane sursauta quand le banquier faillit la toucher ; furibonde, Margaret Kintbury punit son mari d'une petite tape très sèche sur la main droite. Emmett Barkway bouscula une seconde fois Kathlyn Amwell pour se placer au premier rang ; la jeune femme ne protesta pas et demeura en retrait aux côtés de Lord Tennyson qui, bras croisés, ne s'intéressait qu'au discours de leur hôte.

— Chacune de vos collections est magnifique, déclara Brian de Letchworth avec gravité, et chacun dans sa spécialité est irremplaçable. Les grands musées achèteraient à prix d'or vos pièces les plus rares ; elles appartiennent aujourd'hui au patrimoine de l'humanité.

— Mes voitures n'appartiennent qu'à moi, affirma Lord Tennyson ; je me moque de l'humanité. Ces beaux compliments ne nous apprennent rien ; ce que je veux entendre, c'est la vérité.

— Tout à fait d'accord, approuva Emmett Barkway.

Sans demander l'autorisation de quiconque, le spécialiste des terres cuites hellénistiques se roula une cigarette en quelques secondes et l'alluma. Une épouvantable odeur de tabac indien de mauvaise qualité empuantit l'atmosphère.

— Cessez de fumer immédiatement, protesta Lady Jane.

Pour toute réponse, Emmett Barkway arrondit les lèvres ; en sortirent des ronds de fumée qui montèrent vers le plafond.

— Très habile, jugea Lord Tennyson. Si ces dames sont importunées, qu'elles s'en aillent.

Lady Jane fit appel au maître des lieux.

— Vous êtes chez vous, Brian ! Faites au moins respecter le code des bonnes manières.

— Il y a plus urgent, chère amie.

— Toujours aussi lâche, commenta-t-elle en toussotant.

Indifférent à la critique, le comte alla se placer devant un immense rideau rouge qui semblait fermer le salon d'honneur.

— La vérité... oui, c'est bien elle que je veux évoquer à présent.

Le ton était si recueilli, si anxieux, que Higgins ne put contenir un frisson. Lady Jane demeura hautaine, comme si l'événement ne la concernait pas ; Kathlyn Amwell remonta ses lunettes ; les Kintbury se serrèrent l'un contre l'autre ; Lord Tennyson afficha une moue inquiète ; Emmett Barkway se haussa du col. Quant à Despina, elle demeura tout sourire, prête à virevolter comme une ondine sur un lac enchanté.

— Vous êtes tous des collectionneurs d'exception, rappela Brian de Letchworth, mais vous êtes également mes ennemis. Tous, vous avez quelque chose à me reprocher.

Pas un murmure ne s'éleva. « Cette fois, pensa Higgins, nous approchons effectivement d'une certaine vérité. »

— L'un d'entre vous m'a-t-il pardonné ?

Personne ne prit la parole.

— C'est bien ce que je pensais et je ne vous le reproche pas ; ma conduite à votre égard fut condamnable et je vous ai causé des torts certains que je ne cherche pas à nier. Aussi ai-je décidé de réparer afin d'obtenir votre pardon et de chasser des remords qui m'obsèdent.

Le compte changeait de comportement ; lui, le dandy, l'insouciant, le frivole, se souciait-il à ce point de l'existence d'autrui ? Higgins sortit un carnet noir et, à l'aide d'un crayon à la pointe finement taillée, commença à prendre des notes.

— Pourquoi ce revirement soudain ? interrogea Lady Jane.

— Parce que je vieillis, chère amie. Les feux de la jeunesse se sont éteints et, de temps à autre, je songe à comparaître devant mon Créateur qui demandera des comptes ; si je suis en règle avec ma conscience, l'épreuve sera peut-être moins pénible. Je veux vivre en paix avec moi-même, après m'être réconcilié avec mes adversaires : tel est à présent le seul but de mon existence.

Les accents de sincérité sonnaient juste. Mais comment Higgins aurait-il oublié que le comte, excellent comédien amateur, avait été sollicité par la Royal Shakespeare Company pour tenir un rôle dans *Le*

Songe d'une nuit d'été? Son refus, justifié par un voyage à l'étranger, avait beaucoup choqué.

Brian de Letchworth regarda droit dans les yeux Lord Tennyson.

— Je me dois de commencer par vous.

— C'est la moindre des choses, en effet, puisque vous avez tenté de m'assassiner.

Tennyson Buzzard resserra le foulard jaune autour de son cou.

— Vous savez bien, mon cher lord, qu'il s'agissait d'un simple accident.

— Je n'en crois rien. Vous m'aviez vu et vous n'avez pas freiné.

Brian de Letchworth baissa les yeux.

— Je vous avais vu, c'est vrai... mais j'ai très mal évalué la distance. Je supposais que votre Bugatti disposait de davantage de puissance et que je raserais votre arrière.

— Au lieu de cela, parce que vous n'avez pas freiné à ce maudit carrefour, vous m'avez percuté de plein fouet! Non seulement ma voiture a subi de graves dommages, mais encore j'ai failli avoir la tête séparée du tronc! Désirez-vous voir la cicatrice?

— Surtout pas! s'exclama Emmett Barkway; cachez cette horreur, sinon je tourne de l'œil.

Lord Tennyson jeta un regard méprisant à l'érudit.

— Voilà bien notre jeunesse... peureuse, frileuse, affolée devant le danger et bourrée de diplômes inutiles!

Le spécialiste des terres cuites hellénistiques serra les poings.

— Je suis prêt à me battre.

— Oubliez ça, recommanda le pilote. Je ne suis pas un assassin, moi.

— Moi non plus, précisa le comte.

John Kintbury jugea bon d'intervenir.

— Il y a bien eu constat et enquête... quels furent les résultats?

— Truqués, répondit Lord Tennyson. Accident, accident! Quelle blague! Qui aurait osé accuser le brillant comte de Letchworth de tentative d'assassinat avec préméditation? Ce pays est poùrri et décadent. Si j'étais jeune, je changerais de nationalité et je deviendrais italien, comme mes Bugatti.

— Il faut me croire, Tennyson, supplia le comte avec beaucoup d'émotion dans la voix. J'ai commis une grave faute de conduite, je l'admets; mais à aucun moment et d'aucune façon, je n'ai tenté de mettre fin à vos jours.

Un instant, le pilote parut ébranlé; puis il s'enflamma à nouveau.

— En tout cas, vous avez mis fin à ma carrière! C'est un attentat prémédité, j'en suis sûr... Le lendemain, je devais participer à la plus importante course de voitures anciennes jamais organisée en Angleterre et j'avais toutes les chances de la remporter. Les chroniqueurs sportifs me présentaient comme favori; et vous, avec votre misérable cabriolet moderne, vous avez ruiné toutes mes espérances! A présent, je boite et je suis incapable de disputer une compétition, moi qui ne vivais que pour ça. Personne ne peut comprendre... la griserie de la vitesse, le vent qui fouette le visage, le ronronnement de la mécanique, cette bête puissante, docile et folle dont votre propre corps fait partie, les virages qui surgissent comme des monstres à vaincre, le crissement des pneus sur l'asphalte, la peur et l'ivresse dans la même seconde... c'est de tout cela et de mille autres sensations dont vous m'avez privé, Letchworth!

— Un accident n'est pas un crime, estima Lady Jane. Un pilote en moins, c'est un moteur en moins ; et un moteur, c'est du bruit et de la saleté.

Le regard de Lord Tennyson s'emplit de rage.

— Et une femme arrogante, qu'est-ce que c'est au juste ? Les hommes préhistoriques savaient les traiter !

Higgins jugea nécessaire de s'interposer.

— Calmez-vous, Lord Tennyson ; tout indique que nous sommes sortis de la préhistoire, même si vous le déplorez.

Lady Jane, qui n'avait pas esquissé le moindre mouvement de recul, toussota avec suffisance.

— Pour me faire pardonner, reprit le comte, j'ai promis à mon malheureux compagnon de route le plus fabuleux des cadeaux : le voici.

Brian de Letchworth tira le rideau sur environ deux mètres, faisant apparaître la Bugatti dont il avait envoyé la photo à Tennyson Buzzard.

— Oh non, ce n'est pas possible ! s'exclama ce dernier, soudain arraché aux trivialités du commun des mortels et plongé dans une extase automobile dont seuls les mystiques de la mécanique pouvaient percevoir l'intensité.

Lord Tennyson embrassa la voiture auguste, la palpa, la caressa, s'agenouilla près de son capot et lui murmura des mots tendres afin de lui prouver la réalité de son coup de foudre.

Bouleversé, il se redressa et se tourna vers le comte.

— Jamais je n'aurais imaginé pareil bonheur... je crois que je vous pardonne, Brian.

CHAPITRE VII

Indifférent au destin des autres protagonistes de cette réunion, Lord Tennyson s'abîma dans la contemplation de la Bugatti sortie des mains du constructeur et marquée de sa griffe. Lady Jane, outrée par cet infantilisme, continua à surveiller Despina qui, sans aucun doute, jetait des œillades au comte.

Ce dernier s'adressa à Kathlyn Amwell.

— Vous devez être furieuse contre moi, mademoiselle.

Elle attendit un long moment avant de répondre.

— Plutôt mécontente, en effet. Vous connaissez mes raisons.

— Je suis impardonnable; vous oubliez, vous...

— Moi et votre promesse; vous qui citez si souvent la valeur de votre parole devriez être plus prudent.

La douceur du tailleur rose pâle ne tamisait pas la fermeté du ton; la jeune femme ne cherchait pas à dissimuler sa rancœur.

Brian de Letchworth, embarrassé, ne recula pas devant l'obstacle.

— Je vous jure que je n'avais fait aucune promesse précise à vos parents que j'aimais beaucoup; c'étaient mes amis, il est vrai, et nos relations furent excellentes. Ils me recevaient fréquemment chez eux et nous prenions plaisir à converser sur toutes sortes de sujets ; la culture de votre mère et la rigueur d'analyse de votre père ne cessaient de m'étonner.

— Trêve de beaux discours, M. le comte ; malgré votre affection pour ma famille, vous m'avez quand même oubliée.

— Vous étiez très jeune.

— Quatorze ans quand mes parents sont morts ; moi, j'avais oublié mon âge, tellement j'étais choquée par leur disparition. Le médecin qui m'a soignée m'a expliqué que j'étais restée dans le coma pendant trois semaines. Quand je me suis réveillée dans une communauté de bonnes sœurs, j'ai cru que j'étais morte.

— Vous souveniez-vous de moi ?

— Comme d'une ombre. Quand vous veniez à la maison, j'étais couchée ; mes parents citaient souvent votre nom et c'est l'un des premiers que j'ai prononcé... en vain, hélas ! Car vous m'avez abandonnée dans cette prison, en compagnie de ces femmes qui voulaient faire de moi une religieuse.

— Je n'y suis pour rien, Kathlyn. Avant de me juger, écoutez mes explications. D'abord, je n'avais formulé aucune promesse formelle vous concernant, étant donné que je parcourais le monde et que je pouvais m'éloigner à jamais de mes meilleurs amis d'un jour à l'autre ; ensuite, parce que vos parents étaient très religieux et avaient décidé que, si un malheur les frappait, la meilleure éducation possible vous serait donnée dans un couvent d'Europe. A vingt-cinq ans, m'avaient-ils indiqué, vous seriez libre de choisir votre destin.

— Je déplore d'avoir été cloîtrée si longtemps et j'ai choisi : je veux connaître les joies quotidiennes, comme tout un chacun, jouir de la liberté, courir dans les champs, dessiner des milliers de portraits ! Pourquoi m'inviter, M. le comte, si vous estimez avoir parfaitement rempli vos devoirs envers moi ?

Brian de Letchworth croisa les doigts et se concentra.

— Ce n'est pas tout à fait le cas. En réalité, c'est à moi-même que j'avais promis de veiller, au moins en partie sur votre avenir. Je ne vous avais vue qu'une seule fois mais vos parents ne cessaient de me faire l'éloge de votre intelligence et de vos dons artistiques ; quand j'ai appris le drame, je voyageais en Asie. J'ai davantage songé à mes amis qu'à leur fille, je vous le concède ; les autorités ont pris les décisions qui s'imposaient : comment m'y serais-je opposé et à quel titre ? La volonté de vos parents fut respectée ; je suis resté en contact avec la supérieure du couvent qui m'a informé du jour de votre retour dans le monde. Longtemps, elle a espéré que vous prononceriez vos vœux ; mais elle devait prendre en compte les dernières volontés de vos parents. Pour moi, le moment était venu d'intervenir.

Kathlyn Amwell demeura très raide mais Higgins perçut son émotion. Le comte était le dernier lien qui la rattachait à un passé heureux, disparu à tout jamais ; quels que fussent ses ressentiments à son égard, elle lui restait attachée comme à un fantôme bienveillant.

— Désolée de repousser vos avances, dit-elle d'une voix mal assurée ; je suis pauvre et sans doute trop fière, mais je refuse l'aide d'un homme qui n'a fait aucun effort pour m'arracher à cette situation. Jamais je ne vous pardonnerai cette lâcheté.

Kathlyn Amwell porta les mains à ses yeux, ôta prestement ses lunettes aux verres fumés, essuya une larme et les chaussa à nouveau.

Lady Jane vint à ses côtés.

— Je vous approuve, mademoiselle, votre dignité est remarquable.

— Moi, s'enflamma Emmett Barkway, je prends le parti du comte même si un grave différend nous oppose. Prêtez assistance à une femme, et voilà le résultat !

— Votre misogynie confine à la stupidité, lança Kathlyn Amwell.

— Mais, mais... elle m'agresse ! J'exige des excuses.

— Laissez tomber, mon vieux, lui dit à l'oreille John Kintbury. Que le comte se débarrasse de cette fille au plus vite et qu'il nous donne ce qu'il nous a promis.

L'argument convainquit le spécialiste des terres cuites qui adopta un mutisme prudent pendant que le comte, plus séduisant que jamais, cherchait à amadouer celle qu'il n'avait pas su protéger.

— De quoi vivez-vous, Kathlyn ?

— De mon art, les gens aiment mes portraits. Inutile de me proposer de l'argent : c'est non d'avance. Que les personnes présentes soient témoins de mon engagement.

— Superbe mais idiot, jugea Margaret Kintbury. A votre place, j'aurais accepté la fortune que le comte me proposait.

— Je préfère rester à la mienne.

Kathlyn Amwell venait de se faire une solide ennemie ; à l'air renfrogné de la conseillère conjugale, le plus mauvais observateur aurait compris qu'elle se vengerait à la première occasion.

— Si vous êtes quand même venue, observa Brian de Letchworth, c'est à cause de votre passion des lunettes anciennes; le nierez-vous?

La jeune femme parut soudain beaucoup plus fragile; son corps perdit sa raideur et elle ressembla à une petite fille écrasée par une douleur trop lourde.

— Non, murmura-t-elle.

Kathlyn Amwell reprit une attitude plus digne. Chacun ressentit en elle le feu sacré des collectionneurs; le désir irrationnel de posséder balayait tout sur son passage, rassemblait les énergies les plus secrètes et les plus profondes, focalisant l'être entier sur un objet dont il serait bientôt le seul propriétaire.

— Non, mais je me demande si cette photo n'était pas truquée. J'ai vérifié dans mes traités : cette paire de lunettes est introuvable; les spécialistes estiment qu'elle a disparu.

— L'homme qui la portait, le capitaine Mac Quincy, est mort, reconnut le comte. Il est tombé dans une embuscade tendue par les brigands hindous qu'il pourchassait; son visage a été lacéré et sa poitrine déchirée. Les barbares ont mangé son cœur et...

— Arrêtez! supplia Emmett Barkway; personne ne vous oblige à raconter ces horreurs!

— Entendu. Lorsque les secours arrivèrent, ils ne recueillirent que de rares dépouilles dignes d'être présentées aux familles; parmi celles-ci, la fameuse paire de lunettes du capitaine Mac Quincy, recouverte de boue mais intacte. Fameuse, parce que ses branches d'écaille sont sculptées pour ressembler à deux fusils. Mes recherches furent longues et difficiles; voilà cinq ans, elles ont abouti : j'ai retrouvé la petite cousine du soldat et l'ai convaincue de me vendre cette relique. C'est à vous, Kathlyn, que je la destinais; à présent, elle vous appartient.

Le comte tira davantage le rideau rouge, découvrant un coussin de soie rouge sur lequel était posée la paire de lunettes. Comme si elle entrait dans un univers parallèle, Kathlyn Amwell avança à pas mesurés. Les autres collectionneurs retinrent leur souffle; ils savaient ce qu'elle éprouvait. Ils connaissaient cet instant suprême où un amateur passionné s'apprête à mettre la main sur un objet convoité depuis de nombreuses années.

La jeune femme passa son index droit sur chacune des branches, épousa le contour de la sculpture et recommença plusieurs fois; puis elle s'empara de la paire de lunettes, hésita à la reposer sur le coussin, la conserva.

En vraie collectionneuse, elle avait cédé : refuser l'argent du comte, oui; le plus beau fleuron de sa collection, non. Aucun des participants à l'étrange cérémonie ne pouvait la désapprouver. Serrant sur son cœur l'inestimable paire de lunettes, Kathlyn Amwell recula.

— Me pardonnez-vous, mademoiselle?

— Je vous remercie pour votre bonté mais ma jeunesse a été perdue à cause de vous. Vous pardonner m'est impossible.

CHAPITRE VIII

Margaret Kintbury, excédée par l'importance que le comte accordait à cette petite intrigante désargentée, décida d'intervenir ; comme son mari n'aurait pas le courage de défier leur hôte, elle se lança dans l'aventure.

— Et moi, M. le comte ! De quelle manière comptez-vous réparer l'injure que vous m'avez faite ?

Brian de Letchworth sourit avec courtoisie.

— Je songeais justement à vous, chère madame.

— Eh bien, tant mieux ! Où se trouve la bouteille qui figure sur cette photo, si elle existe vraiment ?

Margaret Kintbury s'essuya l'aile du nez avec son mouchoir. Plus elle parlait, plus elle s'énervait, plus la sueur l'importunait ; ce léger incident, néanmoins, ne modifierait pas sa ligne de conduite.

— Elle existe, madame ; elle remplacera avantageusement celle que j'ai bue, pendant cette fameuse soirée de Christmas, il y a plus de trois ans, dans cette auberge où vous fêtiez votre centième bouteille historique.

— Parfait ! Vous vous en souvenez en détail.

— Exact. Je vous confesse que je venais d'un cabaret huppé, après avoir dîné dans un restaurant où le repas avait été bien arrosé ; autrement dit, je n'avais plus toute ma tête quand je vous ai entendu faire ce discours sur Gladstone.

La conseillère conjugale fronça les sourcils.

— Pas Gladstone, Disraeli !

— Mes excuses.

— Elles ne m'ont pas suffi. Alors que j'expliquais à des admiratrices comment la main de l'illustre homme politique s'était posée sur le goulot de cette bouteille de pouilly-fuissé que je venais d'acquérir à prix d'or, vous vous en êtes emparé avec une sauvagerie incroyable !

Honteux, le comte hocha la tête affirmativement.

— Et si vous vous étiez arrêté là ! Vous avez disparu dans un salon privé de l'auberge et, quand je vous ai enfin retrouvé, vous aviez bu la moitié de ma précieuse bouteille.

Brian de Letchworth continua à reconnaître ses fautes.

— Mais pourquoi avez-vous agi ainsi ?

— Il n'y avait aucune préméditation, confessa-t-il. Le spectacle que vous offriez m'a seulement irrité. Vos paroles, ce rituel ridicule, cette collection aberrante... j'ai eu envie de détruire ces illusions.

— Illusion vous-même ! explosa Margaret Kintbury, furieuse. Ma collection est aussi noble qu'une autre ; je vous interdis de la critiquer de cette manière.

— Vous avez raison, chère madame ; ma conduite fut inqualifiable.

— Vous saviez bien qu'ouvrir une bouteille la réduisait à néant !

— Je le savais. Nonobstant un manque de cuisse et un arôme maigrelet, le vin était excellent ; mais je me suis comporté comme un goujat.

— Ah ! Vous en convenez... pourtant, ce soir-là...

— Je me suis montré odieux et j'ai récolté une haine bien méritée ; voici mon cadeau pour effacer ces heures pénibles.

Tirant davantage le rideau, le comte fit surgir la bouteille de bordeaux synonyme de la victoire de Churchill, au terme du conflit le plus sanglant de tous les temps.

Tétanisée, Margaret Kintbury n'osait plus bouger.

— Je peux... je peux toucher ?

— Ce trésor vous appartient.

Elle avança, tel un automate et s'arrêta devant la merveille à laquelle avaient rêvé tous les collectionneurs de bouteilles historiques. Margaret Kintbury la prit dans ses bras et la serra comme un enfant qu'on vient d'arracher aux flammes.

— Incroyable... j'ai réussi, j'ai réussi !

John Kintbury attendit que son épouse revînt sur terre pour lui demander de soutenir sa cause ; bonne fée, Margaret vola à son secours.

— N'oubliez pas mon mari, M. le comte ; vous ne l'avez pas ménagé, lui non plus !

— Comment vous contredire, chère madame ? J'ai causé bien des soucis à ce cher John, et je le regrette.

Le visage du banquier s'empourpra ; Higgins eut même l'impression que quelques veinules barrant ses joues venaient d'éclater.

— Des soucis ? C'est peu dire ! Vous avez failli me tuer.

— Le terme est un peu excessif.

— Certes pas, protesta John Kintbury. Cinq fois, dix fois, vous m'avez ridiculisé pendant des ventes aux enchères où j'étais assuré de l'emporter pour un bon prix ; je suis certain que vous tentiez de m'anéantir.

— Pas le moins du monde ; j'achetais des objets pour mes propres collections.

— En ce cas, pourquoi me combattre sur le terrain des chaussons ?

— Je vous ai vu triompher à un prix ridiculement bas ; cette politique de gagne-petit m'a irrité. En faisant monter les cours du chausson, je redonnais un peu de classe à cette collection insolite.

— La classe, je m'en moque ! J'ai été obligé de débourser des sommes considérables à cause de vos initiatives malheureuses ; on m'a même vendu de faux chaussons de l'opéra de Sao Paulo.

— Ma faute consista à vous faire sortir de la clandestinité, je l'admets.

— Vous ignorez la vraie valeur de la livre sterling, pas moi ! Les aristocrates de votre genre ruinent l'Angleterre parce qu'ils méprisent l'argent. Aujourd'hui les vrais chaussons des vraies vedettes sont presque inaccessibles et ma collection est bloquée ; comment ne serais-je pas furieux ?

— Comment, en effet ? J'ai peut-être trouvé un moyen d'apaiser un peu cette fureur.

— La photographie ? Je ne peux y croire.

— Voyez vous-même.

Brian de Letchworth tira davantage sur le rideau. Fasciné, le banquier aperçut les chaussons de Galinaia Plioutchskaia, blancs, étincelants, magiques. Pour les atteindre, il aurait rampé ; cette fois, il lui suffisait de faire quelques pas, de tendre la main et de les plaquer contre sa poitrine sans les froisser.

Chacune des étapes de ce rêve se réalisa ; John Kintbury devenait le plus grand collectionneur de chaussons de l'Histoire. Son plus beau fleuron, de plus, ne lui coûtait pas un sou ; désormais, il croirait aux miracles.

— Suis-je pardonné? demanda le comte.

Margaret Kintbury fronça à nouveau les sourcils et essuya les deux ailes de son nez.

— Ce n'est pas certain.

— Ce n'est pas certain, répéta John Kintbury.

CHAPITRE IX

Emmett Barkway se montra beaucoup plus direct que les Kintbury.

— Moi, je suis tout à fait campé sur mes positions : non seulement je ne vous pardonnerai pas, mais encore je continuerai à vous attaquer dans chacun de mes articles scientifiques.

Jambes légèrement écartées, bras croisés, le front haut, la cigarette arrogante, Emmett Barkway se dressait en vivante statue de la justice.

Le comte s'éloigna du rideau pour se rapprocher de son adversaire.

— Mes regrets sont sincères, M. Barkway.

— Je m'en moque.

— Fûtes-vous vexé à ce point?

— Pas vexé : humilié.

— J'ai parfois la langue un peu vive, il est vrai...

— Vive? Vous aviez parfaitement monté votre complot contre moi, au contraire!

— Vous vous trompez.

Le rouquin s'enflamma; sa voix devint cassante.

— Me tromper, moi? Sûrement pas! Vous oubliez les faits. Nous étions réunis dans la salle Thucydide, à Oxford, pour un colloque sur l'art hellénistique, en présence des plus grandes sommités; les spécialistes du monde entier avaient tenu à honorer ces travaux de leur présence, et vous... mais que faisiez-vous là, au juste?

— J'étais invité comme spécialiste des relations entre l'art hellénistique et l'art gréco-bouddhique du Gandhara, encore si mal connu. Vous n'ignorez pas que des centaines de soldats d'Alexandre sont restés dans cette province de l'Inde et ont continué à vivre selon leurs coutumes; il n'est pas rare, encore aujourd'hui, de rencontrer un conducteur de troupeaux hindou vêtu comme un pâtre grec.

— Ne détournez pas la conversation! Je sais tout cela. Vos éventuelles compétences ne vous donnaient pas le droit de vous comporter comme un monstre surgi de l'enfer.

— Ce n'était pas mon intention, M. Barkway; je voulais seulement croiser le fer sur un terrain scientifique sans viser quelqu'un en particulier.

— Mais vos critiques furent concentrées, avec une précision diabolique, vers une seule personne : moi!

— Simple concours de circonstances.

— Circonstances! Une belle excuse!

— Excuse, non : explication, oui. Vous aviez présenté, avec beaucoup de talent, un mémoire sur l'inexistence des statuettes de terre cuite d'Hermès au caducée dans les sanctuaires privés alexandrins entre l'extrême fin du IIIe siècle après J.-C. et les premières années du IVe.

L'ire d'Emmett Barkway s'apaisa; il roula une nouvelle cigarette, indifférent au fait que son tabac indien répande une sorte de pestilence traversée de lourds parfums que les narines d'Higgins, comme celles des autres convives, n'appréciaient guère.

— Ma thèse me paraissait inattaquable ; j'avais dépouillé toute la bibliothèque spécialisée d'Oxford pour aboutir à ce magnifique résultat qui ruinait la carrière d'une dizaine de collègues prétentieux et de tous mes concurrents directs pour la chaire d'archéologie hellénistique. Une splendide stratégie qui m'émeut encore... et vous, un amateur, êtes venu tout gâcher avec votre invraisemblable découverte !

— Combien j'en suis navré, déplora le comte. A dire vrai, je croyais vous faire plaisir en évoquant une anecdote qui ne remettait nullement en cause vos compétences scientifiques.

— Anecdote ! Cette statuette unique, cet Apollon improbable qui surgit du néant et fait paraître ridicule les conclusions de mon mémoire, anecdote !

— Dois-je vous rappeler que je n'ai pas montré l'objet lui-même, mais un bref rapport de fouilles complété par un dessin et une mauvaise photographie en noir et blanc ?

— Qu'importe, le mal était fait. J'étais humilié devant le plus bel aréopage d'hellénistes qu'on ait vu depuis la fin de la guerre. Adieu, la chaire d'archéologie !

— Votre carrière d'expert ne se déroule pas trop mal, semble-t-il, et vous avez gardé des cours à l'université ; en joignant le privé et le public, vous jouissez de confortables rémunérations.

Emmett Barkway cessa de façonner des ronds de fumée avec sa bouche.

— C'est possible, mais cela ne vous regarde pas ; et puis l'argent ne remplacera jamais les honneurs. Je n'ai plus aucune chance d'obtenir la chaire que je convoitais depuis mon enfance ; à cause de vous, comte de Letchworth, uniquement à cause de vous !

Le rouquin jeta sa cigarette et l'écrasa rageusement du talon.

— Le plus curieux, dit Brian de Letchworth, énigmatique, c'est que vous n'aviez pas tout à fait tort.

Emmett Barkway afficha son incompréhension.

— Pas tort... dans quel domaine?

— A propos de cet Hermès.

— Je ne comprends pas.

— C'est une histoire assez compliquée... le dossier, bien modeste entre nous, que j'ai communiqué au colloque, provenait d'une fouille que j'ai pratiquée à Alexandrie. Soyez absolument certain que je n'imaginais pas une seconde provoquer un tel trouble et perturber ainsi votre carrière; quand j'ai constaté les dégâts, à mon corps défendant, j'ai voulu en savoir plus.

— Le monde scientifique aussi, rappela le rouquin; mais vos fouilleurs avaient disparu, avec cette impossible statuette! Bien entendu, on a parlé de plaisanterie et de supercherie; hélas, le mal était fait! Votre réputation de dandy excentrique n'en a pas souffert mais le ridicule qui m'a frappé ne sera jamais totalement effacé. Pas tort, disiez-vous... expliquez-vous davantage!

— Si vous me laissez parler, je vais m'acquitter de cette tâche délicate.

— Admettons.

Emmett Barkway se renfrogna, le comte se concentra.

— Malgré les apparences, je déteste perturber les gens. En vous voyant peiné, même blessé, j'ai décidé de réparer cet impair; aussi suis-je parti le lendemain pour Alexandrie. Ma quête fut longue; les fouilleurs avaient effectivement disparu, en volant plusieurs objets. L'argent a délié les langues ; j'ai suivi leur piste en Syrie et au Liban où je les ai retrouvés. Volés par un autre voleur, ils ne possédaient plus rien ; sachant que je n'appartenais pas à la police, ils ont accepté de répondre à mes questions concernant l'Hermès au caducée. La statuette, en réalité, n'avait pas quitté l'Égypte ; ils l'avaient vendue à un marchand alexandrin appartenant à un gang de pilleurs de tombes. Le bonhomme avait pignon sur rue ; aimable, il accepta de me recevoir. Je lui proposai de racheter ce vestige pour ma collection personnelle. « Impossible, me répondit-il. Il a été introduit dans le circuit du Caire. » De là, il partirait certainement pour une cave blindée d'un riche américain amateur de chefs-d'œuvre. Contre une forte rétribution, il accepta de me donner le nom de son correspondant cairote. Ce dernier me reçut, lui aussi, de façon fort civile. Une quantité non négligeable de livres sterling lui délia une langue bien pendue ; une sorte de dépôt de garantie, assortie de la promesse de ne pas le dénoncer à la police, me laissa entrevoir la possibilité de récupérer la statuette dont l'origine ne lui était pas inconnue.

— L'origine ? interrogea Emmett Barkway, l'eau à la bouche ; vous voulez dire : le lieu de découverte ?

— Exactement.

— Où, où précisément ? Parlez, bon sang !

La comte ne se départit pas de son calme.

— Cette statuette fut sortie de la terre d'Hermopolis la Grande, en moyenne Égypte, la cité sacrée du dieu Thot, aujourd'hui réduite à l'état de ruines.

— Donc... pas à Alexandrie ?

— Non, répondit le comte. La fouille fut maquillée en raison de délicats problèmes de pots-de-vin.

— Hourra ! s'exclama le rouquin. J'avais donc raison, ma thèse est inattaquable !

— Cette statuette qui vous a causé tant de soucis, la voici.

Brian de Letchworth tira le rideau, découvrant le petit Hermès de terre cuite, posé sur un socle en bois doré. L'érudit courut vers la statuette.

— C'est toi, c'est bien toi ! Et maintenant, tu es à moi...

Emmett Barkway effleura les courbes du dieu dont seule la fesse gauche était légèrement abîmée. Soudain, il s'arracha à son extase et se retourna vers le comte.

— Je n'ai pas à vous remercier, Letchworth ; cet objet me revenait de droit.

— Je ne le nie pas.

— Je n'ai pas non plus à vous pardonner ; vous avez brisé ma carrière. Cela, même un Hermès unique au monde ne peut l'effacer.

— Je le déplore, M. Barkway.

— Pas autant que moi.

CHAPITRE X

— M'auriez-vous oubliée ? intervint Lady Jane.

Le comte s'approcha d'elle et lui sourit.

— Comment pouvez-vous imaginer pareille vilenie ?

— Venant de vous, tout est possible : le meilleur et le pire.

— C'est le meilleur que je vous réserve, chère amie, très chère amie.

Un instant de profonde complicité, où se glissa un nuage de tendresse, unit Brian et Jane ; elle rompit le charme.

— Ne nous laissons pas aller vers d'inutiles souvenirs.

— Au contraire... le passé est la plus douce des ivresses ; envers nous, il ne se montre jamais ingrat. Il accueille nos premières émotions, ne rejette aucune de nos faiblesses ; lorsque l'avenir se fait menaçant, il suffit de s'immerger dans l'hier pour jouir à nouveau d'un bonheur tranquille que nourrissent même les mauvais moments puisque eux aussi appartiennent au passé.

— Vous êtes un beau parleur, comme autrefois.

— Comme aujourd'hui, Lady Jane, et toujours pour vous séduire.

Higgins, dont l'écriture fine et rapide courait sur les pages blanches du carnet noir, eut vite conscience que le comte de Letchworth et son interlocutrice s'isolaient dans un monde à part, celui de leurs souvenirs communs, et précipitaient dans le néant les personnages qui les entouraient. La foule eût-elle été nombreuse, le résultat n'aurait pas changé : ils étaient seuls au monde.

— Que s'est-il passé, Brian?

— Des heures merveilleuses.

— Vous avez tendance à privilégier les bons côtés de votre existence et de la mienne.

— N'est-ce pas préférable?

— Je préfère être lucide. Il y a eu le coup de foudre, la passion, une longue passion...

— Si longue qu'elle est presque éternelle.

— Je ne suis pas femme à me contenter d'un « presque »; oubliez-vous que cette si belle passion s'est terminée par une rupture?

— La vie l'a voulu ainsi.

— Pas la vie, Brian : vous, et vous seul.

Le comte parut contrarié.

— C'est la vérité. Vous m'avez initié à l'amour et révélé à moi-même; me voir vieillir à vos côtés m'était insupportable. Vous comme moi devions garder de notre couple une image idéale, pleine de vitalité et de bonheur.

— Ce n'était pas mon avis; nous aurions connu un autre bonheur, sans orage et sans violence.

Depuis qu'elle ouvrait son cœur, Lady Jane ne toussotait plus; moins dédaigneuse, sa voix n'était pas dépourvue d'une secrète douceur.

— La vieillesse dont vous rêvez, avoua le comte, j'en suis incapable.

— Il vous faut d'autres jeunesses afin de rester jeune vous-même, n'est-il pas vrai?

— Est-ce si impardonnable?

— Plus encore : détestable.

— Vous savez bien que vous resterez mon unique amour.

— Maigre consolation, Brian; par bonheur, j'ai réussi à me détacher de vous et à mener ma propre existence. Si vous m'avez conservé autant d'affection, pourquoi me persécutez-vous?

Le comte ouvrit des yeux étonnés.

— Vous persécuter?

— Vous mentez mal. Cette canne-épée, que vous désirez m'offrir, est passée en vente chez Christie's il y a un an. Bien entendu, j'étais au premier rang des acheteurs.

L'intermède sentimental était terminé, le charme d'une conversation intime évanoui; les collectionneurs ressentirent à nouveau l'émotion d'une interminable chasse au trésor. Le moindre souffle de vent suffisait à réanimer leur ardeur; or Lady Jane se préparait sans nul doute déclencher la tempête.

— Les enchères furent virulentes, poursuivit-elle; la canne-épée de Cromwell, comme il se devait, fut l'enjeu d'une féroce bataille. Elle fut malheureusement déloyale.

Tête basse, Brian de Letchworth demeurait muet.

— J'avais engagé une bonne partie de ma fortune pour acquérir cette incomparable relique, rappela Lady Jane; mais un homme qu'aucun spécialiste ne connaissait a surenchéri et remporté la victoire à un prix démentiel. Moi-même, j'ai été obligée de renoncer. Aujourd'hui, bien que je ne possède aucune preuve, je suis persuadée que cet homme de paille a agi sur vos ordres. Vous vous seriez ruiné pour me damer le pion et m'infliger cette terrible humiliation ; après m'avoir repoussée, vous me priviez de ma conquête la plus enviée. N'est-ce pas de la persécution ?

— Je suis incapable de nier plus longtemps, déclara le comte, penaud. Ce chef-d'œuvre, c'est bien moi qui l'ai acheté.

Lady Jane reprit une attitude hautaine et méprisante, ponctuée par un toussotement.

— Enfin, vous avouez votre haine à mon égard.

— C'était une autre forme d'amour et de respect ; en vérité, je me sentais concerné par tout ce qui vous intéresse. Cette canne, je désirais vous l'offrir afin d'obtenir votre pardon.

Brian de Letchworth tira le rideau jusqu'à son extrémité ; dévoilant une longue canne en bois, d'apparence rustique, au pommeau épais, presque grossier.

— Êtes-vous heureuse ?

D'une démarche pleine de distinction, Jane Berwick approcha de l'objet tant convoité. De près, elle s'aperçut que le pommeau était sculpté d'une étrange manière.

— On croirait... une tête démoniaque !

— L'interprétation est contestée, indiqua le comte ; certains pensent à une simple disposition du bois. Mais Cromwell, quand il n'ordonnait pas des exécutions, était parfois facétieux.

L'aristocrate posa une main amoureuse sur le pommeau.

— Prenez garde, recommanda son hôte, il s'agit d'une arme redoutable.

— Montrez-moi.

Elle lui tendit la canne. Le comte dévissa lentement le pommeau et le tira vers lui ; de l'extrémité de la canne jaillit une lame très fine d'une vingtaine de centimètres.

Sous l'effet de la surprise, tous avaient reculé, à l'exception de Higgins qui nota une description du mécanisme et dessina l'inquiétant objet sur son carnet noir.

— Pardonnez-moi cette remarque, intervint l'ex-inspecteur-chef, la Société royale d'histoire a émis quelques doutes sur l'authenticité de cette canne dont le procédé de fabrication n'est pas attesté à cette époque.

— Je sais cela, dit Lady Jane, dédaigneuse. Les érudits s'affrontent sur ce point depuis de nombreuses années ; quoi qu'il en soit, ce bijou est connu sous le nom de « canne Cromwell » et trop de légendes s'y attachent pour qu'elles ne contiennent pas un fond de vérité. Vous rendez-vous compte, inspecteur ? Le grand Cromwell aurait supprimé treize de ses plus redoutables adversaires avec cette épée... joli score, non ?

— Tout dépend de quel côté on se place.

Impatiente, Margaret Kintbury apostropha le comte.

— Et le meurtre que vous annonciez... aura-t-il vraiment lieu ?

Les yeux de Brian de Letchworth changèrent d'expression, le dandy prit soudain l'aspect d'un homme âgé, un peu voûté, au regard dépourvu de pitié.

— Le meurtre... il ne va pas tarder.

La lumière s'éteignit ; le salon d'honneur fut plongé dans l'obscurité.

Un cri de terreur déchira les ténèbres.

CHAPITRE XI

Despina brandit un bougeoir, le posa dans l'un des angles de la pièce et, prestement, alluma d'autres bougies dont la sueur dissipa l'affolement naissant.

— Les plombs ont dû sauter, estima-t-elle ; je m'en occupe immédiatement.

Personne n'avait bougé, à l'exception de John Kintbury, recroquevillé près de la canne Cromwell. Lady Jane le tira par une manche.

— Écartez-vous, ordonna-t-elle. Cet objet est précieux et il ne vous appartient pas.

— Ne touchez pas à mon costume ! L'aristocratie est morte en Angleterre ; j'ai autant de droits que vous.

Lady Jane s'empara de l'arme et la brandit ; Lord Tennyson bloqua son poignet.

— Posez ça.

Les yeux de Jane Berwick flamboyèrent de rage ; la lumière revint et Despina réapparut.

— Je cède à la force brutale... mais je me vengerai de tous les médiocres et des jaloux !

Elle posa la canne, sans quitter le pilote des yeux.

— C'est cette fille qui a éteint, dit Lady Jane avec hargne en pointant l'index vers Despina. Elle n'a pas eu le temps de réparer les plombs, c'est évident... elle a joué avec nos nerfs.

La domestique consulta Brian de Letchworth.

— Dois-je répondre, M. le comte ?

— Je n'ai rien remarqué de tel, affirma Kathlyn Amwell.

— Forcément, attaqua l'aristocrate, vous êtes complice ! Deux femmes, deux femmes jeunes et aguicheuses qui tournez autour du comte, voilà ce que vous êtes !

— Vous perdez la tête, estima Margaret Kintbury ; moi aussi, je suis jeune mais je reste à ma place.

— Calmons-nous, recommanda le comte, de nouveau aimable et souriant ; c'est bien moi qui ai demandé à Despina de se livrer à cette innocente plaisanterie. J'apprécie beaucoup ce que les Français appellent le « Grand-Guignol » ; l'humour britannique n'a rien à lui céder, certes, mais il peut parfois s'en inspirer.

Emmett Barkway, très pâle, entra dans une colère froide.

— Je n'appréciais pas vos manières et votre caractère, Letchworth... à présent, je les hais !

Higgins jugea nécessaire d'intervenir.

— Qui a crié ?

Margaret Kintbury nasilla.

— Ça intéresse Scotland Yard ?

— Vous êtes perspicace, chère madame.

— Je sais, inspecteur, approuva-t-elle avec une mine satisfaite ; c'est l'une de mes qualités dominantes. N'est-ce pas, mon chéri ?

John Kintbury acquiesça d'un hochement de tête.

— Je repose ma question : qui a crié ?

Higgins les observa l'un après l'autre. Le comte

semblait décontracté ; Kathlyn Amwell tira sur les pans de son tailleur rose pâle sans regarder personne ; Despina paraissait s'amuser ; Lady Jane observait tantôt la canne Cromwell, tantôt Despina, tantôt Kathlyn ; Lord Tennyson mettait ses gants, les ôtait et les remettait ; Margaret Kintbury avait agrippé le bras de son mari dont le visage s'empourprait de plus en plus ; Emmett Barkway alluma une nouvelle cigarette.

— C'est vous, M. Barkway, qui avez crié.

— Moi ? Mais comment...

— Le son de votre voix est reconnaissable. Pourquoi avez-vous eu si peur ?

— Peur, non... c'était une réaction banale, très ordinaire.

— Les autres personnes ont gardé leur calme.

— Je suis irritable, comme tous les savants ! Nous travaillons avec notre tête des heures durant, ce qui fragilise le système nerveux. Un incident comme celui-là est très désagréable, admettez-le ; de plus, j'ai peur dans le noir. Êtes-vous satisfait ?

— Vous êtes-vous senti menacé, M. Barkway ?

— Non... non, je ne crois pas. Qui aurait osé...

— Mais personne, intervint le comte ; une psychose dérisoire s'installe à cause de l'ambiguïté que j'ai moi-même provoquée. Si vous en êtes d'accord, je propose de mettre un terme à notre petit jeu.

— Ce serait préférable, approuva Lord Tennyson ; aucune de vos initiatives ne m'amuse. Expliquez-vous et séparons-nous une bonne fois pour toutes.

— Ayez un peu de reconnaissance pour moi, pria le comte ; même si vous éprouvez des ressentiments justifiés à mon égard, admettez que mes cadeaux ne sont pas de second ordre.

Les invités se regardèrent les uns les autres; personne ne protesta sur ce dernier point.

— Quelle reconnaissance? demanda le banquier. Ces cadeaux sont gratuits, n'est-ce pas?

— Rassurez-vous, M.Kintbury : je ne vous demanderai aucune somme d'argent. Votre reconnaissance, vous pouvez la manifester d'une autre manière : en acceptant mon invitation à dîner et à goûter une nuit de repos avant de repartir avec vos trésors.

John Kintbury se détendit.

— Un bon repas, ça ne se refuse pas... hein, ma chérie?

Irritée, Margaret Kintbury resserra les pans de son corsage de plus en plus ouvert.

— Tu as toujours le mot malheureux, mais enfin... si tout le monde est d'accord.

— La qualité de votre cuisine a-t-elle évolué dans le bon sens? demanda Lady Jane.

— Mon traiteur est le meilleur de Londres et fournisseur de la Couronne; vous pouvez être rassurée, chère amie. Feuilleté de saumon, gratin d'aubergines au basilic, noisette d'agneau aux épinards frais...

— N'en dites pas davantage, l'interrompit Kathlyn Amwell; vous nous mettez l'eau à la bouche. Réservez-nous au moins la surprise du dessert.

— Entendu, mademoiselle.

— Tout ça nous éloigne du faux meurtre! tonna Lord Tennyson, excédé; une simple facétie de plus?

— Pas exactement; un meurtre est un meurtre et je compte bien l'accomplir devant vous sans rien dissimuler du mobile et de l'assassin. Seuls des collectionneurs de votre envergure pouvaient apprécier ce spectacle à sa juste valeur.

— Spectacle? s'étonna Emmett Barkway. Un terme bien curieux, en vérité!

— Le grand Will considérait notre existence entière comme un spectacle dont nous sommes les acteurs inconscients; pour mon meurtre, j'ai utilisé un zeste de conscience et un peu de mise en scène, voilà tout. J'espère que l'inspecteur Higgins ne me le reprochera pas.

— Expliquez-moi auparavant comment vous vous y prendrez et donnez-moi le nom de votre victime afin que je la protège.

— Trop tard, inspecteur, beaucoup trop tard! Vous-même ne pourrez empêcher l'inéluctable.

— Vous devenez bien grave, remarqua Lady Jane.

— Je me le reproche, très chère, mais le style convient au moment.

Une vive tension crispa les lèvres et tendit les esprits. Cette fois, Brian de Letchworth ne plaisantait plus; dans quelques instants, une vie serait supprimée. Higgins se prépara à bondir comme un félin; né sous le signe du chat, selon l'astrologie orientale, il se demandait si le comte n'était pas en train de devenir fou et s'il n'allait pas se précipiter sur sa victime à la manière d'un fauve.

Brian de Letchworth, très calme en apparence, se dirigea vers le rideau rouge. D'un geste violent, il en déchira l'ultime partie. Scintillèrent six bouddhas en or massif; l'Illuminé était assis en posture de méditation, le regard dirigé vers l'autre monde et le visage serein.

— Vous seuls, collectionneurs d'exception, comprendrez mon geste : je m'assassine. Voici le meurtre annoncé : je dilapide ma collection, je donne à chacun d'entre vous l'un de ces bouddhas, les pièces les plus inestimables que je possède. Prenez-en le plus grand soin : ils proviennent d'un sanctuaire de Ceylan, aujourd'hui détruit et portent bonheur à qui les possède.

Tous étaient abasourdis; on hésitait à interroger le comte. Lady Jane s'autorisa cette prérogative.

— Pourquoi agir ainsi?

— C'est mon secret, chère amie. Supposez que je sois âgé, très malade et quelque peu désabusé; j'ai réparé mes fautes, tenté d'effacer mes erreurs et mis mon existence en ordre. Il me semble que j'ai accompli ma part de mal en ce monde et qu'il est temps de m'en retirer après avoir répandu un peu de bonheur autour de moi.

— Insensé, jugea Lord Tennyson. Moi, je ne me séparerai jamais de mes Bugatti.

— C'est quand même très émouvant, estima Margaret Kintbury.

Son mari gardait les yeux rivés sur les statues en or, de même que Kathlyn Amwell.

— Vraiment bizarre, apprécia Emmett Barkway.

— Délicieusement scandaleux, jugea Lady Jane.

— Si nous allions dîner? suggéra le comte.

CHAPITRE XII

Higgins apprécia le succulent dîner offert par le comte. La menace de « meurtre » étant passée, chaque convive respira plus librement et ne songea plus qu'aux plaisirs de cette soirée ; l'effort accompli avait abouti à un résultat magnifique : les collectionneurs ne quitteraient-ils pas Letchworth en emportant la pièce la plus splendide de leur collection et, en prime, un bouddha en or massif ? L'excentricité du comte n'avait pas que de mauvais côtés.

Pendant la première partie de la soirée, Brian de Letchworth amusa l'assistance avec des récits de voyages plus surprenants les uns que les autres ; de la Chine à la Malaisie, du Soudan à la Norvège, le comte semblait avoir parcouru toutes les contrées et vécu mille aventures ; sa randonnée à travers le Sahara suscita admiration et étonnement. Même Emmett Barkway parut intéressé par les pérégrinations de l'aristocrate.

Champagne et vin aidant, les langues se délièrent et les défenses artificielles tombèrent : Lord Tennyson, utilisant couteau et fourchette mima plusieurs courses automobiles d'où il sortait vainqueur ; Margaret Kintbury évoqua plusieurs mariages merveilleux dont elle avait été l'instigatrice ; son mari décrivit quelques gros clients en insistant sur leur penchant pour les boissons fortes et les dames de petite vertu ; Kathlyn Amwell dessina les portraits des convives et obtint un franc succès en les leur remettant ; Lady Jane, en narrant ses expériences de collectionneuse, déclencha un véritable concours de récits où se mêlaient échecs et souvenirs.

Seul Emmett Barkway demeurait quelque peu coincé ; Higgins notait, cependant, qu'il ne laissait pas indifférente Kathlyn Amwell : certaines femmes aiment ce genre d'homme odieux et agressif. Pendant que le banquier racontait des plaisanteries plus ou moins lourdes en vidant force verres, les deux jeunes gens échangèrent quelques propos à voix basse ; l'ex-inspecteur-chef tendit l'oreille.

— Pourquoi détestez-vous les femmes ?

— Eh bien... c'est une nécessité.

— Pardon ?

— Oui, une nécessité culturelle... un historien de la Grèce antique sait que les femmes étaient enfermées dans le gynécée afin de ne pas semer le trouble dans la population.

— Étaient-elles si redoutables ?

— Redoutables, oui, c'est le mot juste...

— Et moi, suis-je si redoutable ?

Le spécialiste des terres cuites gardait le nez dans son assiette.

— C'est une question terriblement indiscrète et très peu scientifique.

— Excusez-moi, je rentre dans le gynécée.

— Rien ne presse, mademoiselle. Je...

En renversant le verre de Lady Jane d'un coup de coude malencontreux, John Kintbury inonda la robe de son épouse qui poussa des cris d'orfraie et interrompit l'aparté.

Despina intervint avec rapidité et efficacité ; le comte tenta de minimiser l'incident en détournant l'attention de ses invités sur un autre sujet.

— Et vous, inspecteur ? N'avez-vous rien d'extraordinaire à nous raconter ? Tout Londres murmurait que vous connaissiez la véritable identité de Jack l'Éventreur.

— Mon Dieu, quelle horreur ! s'exclama Margaret Kintbury. C'est faux, bien entendu ?

— Il y a toujours du vrai dans une rumeur, objecta Emmett Barkway ; c'est tout à fait irrationnel, reconnaissons-le, mais une étude statistique ne peut être contestée.

— Moi, affirma Lord Tennyson, tout à fait ivre, j'ai rencontré Jack l'Éventreur.

— A quoi ressemble-t-il ? demanda la conseillère conjugale, très excitée.

— C'est un géant de trois mètres de haut, avec des dents jaunes et des ongles d'un mètre de long.

Kathlyn Amwell éclata de rire, Emmett Barkway et Lady Jane sourirent. Despina jugea le moment favorable pour apporter un soufflé au Grand Marnier qui réjouit les palais. Après avoir dégusté un armagnac hors d'âge, les convives éprouvèrent la plus grande difficulté à se lever ; Despina les conduisit un à un à leur chambre. Higgins, par pure conscience professionnelle, l'aida dans sa tâche ; ils empruntèrent un couloir long et sinueux pour atteindre un corps de bâtiment où logeraient Lord Tennyson, les Kintbury et Lady Jane dont la chambre était la plus proche de celle du comte, ornée d'un très vaste balcon donnant sur le parc ; en face, de l'autre côté, résideraient Kathlyn Amwell et Emmett Barkway.

En raison de l'état de Lord Tennyson et de John Kintbury, notamment, Despina apprécia l'aide de Higgins, lequel profita de ses allées et venues pour dresser un plan d'une demeure à l'architecture compliquée et sinueuse.

Dans la salle à manger, il ne restait plus que le comte, face à son verre d'armagnac.

— Déçu, inspecteur ?

— Au contraire.

— Avouez que vous auriez préféré un beau meurtre.

— Il n'y a pas de beau meurtre ; toute mort causée par une main criminelle est atroce.

— Je supposais que vous étiez un esthète du trépas provoqué.

— Ne le supposez plus.

— De grands auteurs ont pourtant vanté les splendeurs du crime.

— Pour ma part, je n'en connais pas.

— Seriez-vous un moraliste rétrograde, inspecteur ?

— Un simple retraité de Scotland Yard.

— On murmure pourtant à votre propos que vous êtes intervenu dans nombre d'affaires délicates et que vous connaissez la vérité sur des drames qui, en apparence, n'ont jamais été élucidés.

— Votre armagnac est tout à fait remarquable ; au cours de ma carrière, je n'en ai guère goûté de meilleur.

Le comte s'avachit dans son fauteuil.

— Otez-moi ce jabot, ordonna-t-il à Despina.

La domestique s'exécuta avec célérité.

— Les doigts de Despina sont aussi rapides que le vent ; comment réussit-elle, seule, à entretenir cette grande demeure, je l'ignore... sans doute une fée s'est-elle introduite dans ce corps de femme si agréable à contempler.

Sans minauder, la jeune femme esquissa un mouvement de danse et se retira.

— Elle est vraiment charmante... et quel dévouement !

— Lady Jane, observa Higgins, semble éprouver une très vive jalousie à l'égard de Despina.

— Cette chère Jane est jalouse de nature ; comme tout amateur d'objets rares, un collectionneur est un être à part, inspecteur. Il est exclusif, féroce, ne supporte ni rival ni concurrent ; je peux même dire...

Brian de Letchworth s'interrompit et se concentra, comme s'il s'apprêtait à transmettre une vérité interdite.

— Je peux même dire qu'un vrai collectionneur ne reculerait devant aucun meurtre pour acquérir l'objet qu'il convoite.

— Vous situez-vous dans cette catégorie ?

Un étonnement certain s'inscrivit sur le visage du comte.

— Moi, je suis mort, assassiné par moi-même puisque je viens de disperser ma collection de bouddhas... la question ne se pose donc plus. Je suis fatigué, inspecteur, puis-je vous demander l'autorisation de prendre congé ? Despina vous conduira à votre chambre. Cette maison est si compliquée qu'on s'y perd aisément.

Brian de Letchworth n'avait pas tort ; son immense demeure était un véritable labyrinthe où Higgins avait déjà noté la présence de plusieurs couloirs transversaux et sans doute de portes dérobées, cachées derrière des tentures.

Minuit sonnait aux horloges de Letchworth quand Despina, un bougeoir à la main, guida Higgins.

— Le comte déteste la lumière électrique, surtout la nuit; il juge plus romantique le vacillement d'une flamme.

La servante avait ôté son bonnet blanc : de magnifiques cheveux, d'un noir de jais, tombaient en cascade sur ses épaules et ondulaient comme des vagues en rythmant sa marche aérienne.

— Vous possédez un très beau bijou, murmura Higgins.

Despina s'arrêta et contempla la perle qui ornait le haut de son corsage.

— Elle est d'une qualité exceptionnelle, c'est vrai; quand il me l'a offerte, montée sur cette aiguille d'or, le comte m'a affirmé qu'elle provenait d'une grotte de Ceylan où une jeune vierge avait vaincu un dragon. En expirant, le monstre avait craché cette perle pour l'offrir à celle qui l'avait vaincu. N'est-ce pas un conte ravissant?

— Un conte authentique; j'ai visité cette grotte.

Despina contempla Higgins avec un intérêt nouveau.

— Il ne m'a donc pas abusée?

— Pas du tout.

— Vous avez beaucoup voyagé, vous aussi?

— Notre planète n'est pas si vaste.

— C'est beau, Ceylan?

— Admirable, mais un peu chaud.

— Rien ne vaut notre vieille Angleterre, il est vrai; votre chambre est au bout du couloir, sur la droite. La mienne se trouve en face. Si vous avez besoin de quelque chose, n'hésitez pas à sonner.

— Je n'ai pas coutume de troubler le sommeil de mes hôtes.

Despina, en éloignant d'elle le bougeoir, cacha le rougeoiement qui inondait ses joues.

— Qui a décidé de l'attribution des chambres? demanda l'ex-inspecteur-chef.

— Le comte et moi... nous avons réparti les invités au hasard mais il a été favorable à certains... vous avez remarqué comme moi que Kathlyn Amwell et Emmett Barkway ne sont pas indifférents l'un à l'autre.

— Il paraît pourtant hostile à la gent féminine.

— Il a peur des femmes... cette petite saura le dérider. J'espère que votre chambre vous plaît, inspecteur; c'est l'une des plus vastes du domaine.

Despina poussa la porte d'une immense pièce, peuplée de souvenirs orientaux, surchargée de tapis, de vases, de brûle-parfum et de statuettes d'éléphants. Au centre trônait un lit à baldaquin, équipé d'une moustiquaire.

— Que la nuit vous soit favorable, inspecteur.

— Pour vous aussi, mademoiselle.

Après avoir fait ses ablutions dans une salle de bains toute de marbre vert, Higgins revêtit une robe de chambre bleue marquée de ses initiales puis s'étendit sur son lit. Il avait besoin de réfléchir au déroulement de l'une des plus étranges enquêtes de sa carrière, dépourvue d'assassin et d'assassinat, une curieuse promenade dans un univers baroque où il se sentait inutile. Cette fantaisie d'aristocrate décadent touchait à sa fin et se transformait en farce plutôt innocente bien qu'une petite musique aux accents tragiques circulât dans les interminables couloirs de Letchworth et dans la tête de Higgins. N'avait-il perdu que quelques heures ou, par sa seule présence, avait-il empêché un criminel d'agir?

A trois heures du matin, le silence fut troublé par des bruits de pas. On courut, on cria, on frappa à sa porte.

Higgins se leva et ouvrit à Despina affolée.

— Venez vite, inspecteur, le comte a été assassiné.

CHAPITRE XIII

— Je veux dire... il n'est pas mort, mais il y a du sang partout, c'est affreux...

— Où se trouve-t-il?

— Dans sa chambre. Il m'a sonnée, je me suis levée et je suis allée le voir, sans me hâter.

— Vous appelle-t-il fréquemment, la nuit?

— Non... mais c'est déjà arrivé; il avait besoin d'un médicament ou d'un somnifère. Quand je suis entrée, après avoir frappé, il gémissait... et ce sang sur l'oreiller! Venez vite, je vous en prie.

En robe de chambre, Higgins était suffisamment décent pour s'engager dans les interminables couloirs de Letchworth. Despina courait, en proie à une intense émotion; malgré son arthrose aux genoux, l'ex-inspecteur-chef parvint à suivre le rythme.

La porte de la chambre du comte était ornée de plaques d'ivoire et de jaspe; Despina s'apprêtait à la pousser quand Higgins s'interposa :

— Un instant, mademoiselle; quelqu'un d'autre s'est-il réveillé?

— Non... je n'ai vu personne.

L'ex-inspecteur-chef regarda autour de lui, écouta le profond silence qui enveloppait la grande demeure; tel un chat, il percevait la moindre présence.

— Eh bien, allons voir le blessé.

En ouvrant la porte, Despina sursauta.

Brian de Letchworth était debout et se tamponnait l'oreille droite avec un mouchoir taché de sang.

— Vous avez oublié de frapper.

— Pardonnez-moi, M. le comte, mais j'ai cru bon... l'inspecteur...

— C'est tout à fait normal ; laissez-nous, Despina.

La servante s'inclina et s'éclipsa. Higgins examinait déjà la plus grande chambre du domaine, tout aussi encombrée que la sienne d'objets comparables ; sur l'oreiller et le haut des draps, des taches de sang.

— Je crois que nous avons un beau crime, inspecteur.

— Une tentative d'assassinat, rectifia Higgins qui n'avait oublié ni son carnet ni son crayon.

— Bien entendu, vous allez vous livrer à un interrogatoire en règle.

— Les vieilles méthodes ont toujours du bon ; si vous me relatiez les événements tels que vous les avez vécus, nous y verrions sans doute plus clair. Ne faudrait-il pas d'abord appeler un médecin ?

— Je ne crois pas... la blessure n'est pas grave. Je suis quand même un peu étourdi.

Brian de Letchworth s'assit sur le rebord de son lit ; Higgins déambula dans la chambre où ne régnait aucun désordre. Pas un seul bibelot n'avait été renversé.

— Désolé de vous interroger à chaud, M. le comte ; vous devriez dormir et vous reposer. Néanmoins, vos souvenirs sont encore intacts ; demain, ils seront déjà confus.

— Croyez-vous ?

— C'est un fait d'expérience. Si vous aviez le

courage de subir cette épreuve, vous me fourniriez un atout précieux.

— Je suis d'accord... mes idées sont un peu embrouillées.

— Rien de plus normal; avez-vous vu votre agresseur?

— Oui et non. Je dormais profondément ou, plus exactement, je rêvais... quelqu'un s'approchait de moi avec une arme blanche, un couteau, une baïonnette ou quelque chose de semblable.

— Homme ou femme?

— Je l'ignore. Dans mon rêve, c'était une femme noire; la panique m'a gagné, j'ai ouvert les yeux et je me suis rendu compte que je ne rêvais pas : la même forme noire, matérialisée devant moi, tentait de m'introduire dans le tympan une longue aiguille et de me transpercer le cerveau! Fou de terreur, j'ai détourné son bras, la pointe de l'aiguille m'a déchiré l'oreille.

— Avez-vous crié?

— Je ne sais plus... la douleur fut si fulgurante qu'elle m'a cloué sur place. J'ai été incapable de poursuivre l'assassin qui, sans faire aucun bruit, s'est enfui par la porte de la chambre.

— Il ne portait donc pas de chaussures et marchait soit pieds nus soit en chaussettes; puisque vous l'avez vu de si près, pouvez-vous le décrire?

— Je l'ai vu sans le voir... il portait combinaison noire et masque noir, comme un rat d'hôtel.

— C'est donc quelqu'un que vous connaissez bien et que vous auriez identifié, même dans la pénombre, s'il n'avait pris ces précautions. Quelqu'un que vous avez invité et abrité sous votre toit.

Le comte parut très abattu.

— Je n'osais aboutir à cette conclusion.

— Il faut pourtant vous rendre à l'évidence, M. le comte. L'agresseur se trouve parmi les collectionneurs que vous avez choyés ; à mon avis, il recommencera.

Brian de Letchworth se cramponna à ses draps.

— Je suscite donc tant de haine...

— D'après vos propres déclarations, vous avez blessé plus ou moins profondément tous vos hôtes ; l'un d'eux éprouve un tel ressentiment qu'il a décidé de vous supprimer. Rassemblez mieux les souvenirs de ce moment terrifiant ; certains détails vous auraient-ils frappé ?

Le comte, tout en continuant de tamponner une blessure qui commençait à se cicatriser, tenta de se concentrer.

— Honnêtement, non... tout s'est passé si vite. J'étais à moitié endormi ; mon corps a réagi davantage que ma raison. Ce fut un réflexe de survie, non un acte conscient. Pendant des nuits, je reverrai cette forme noire.

— Plutôt lourde ou plutôt féline ?

— A la fois puissante et souple, insaisissable.

— Dans le passé, avez-vous déjà servi de cible à l'un de vos ennemis ?

— Jamais. Mes conflits ne dépassaient pas le stade de la joute verbale.

Higgins, contrarié, fit quelques pas.

— Cet incident me préoccupe beaucoup... nous devrions définir une stratégie afin d'identifier le coupable et de l'empêcher de nuire à nouveau. Pourriez-vous rappeler votre servante ?

— Bien entendu.

Le comte sonna. Higgins égrena mentalement les

secondes : trois minutes furent nécessaires à Despina pour parcourir le trajet ; la jeune femme avait revêtu le costume seyant à sa fonction.

— J'ai préféré m'habiller, expliqua-t-elle ; après un pareil drame, impossible de retrouver le sommeil.

— Vous venez donc de votre chambre ?

— En effet.

— Avez-vous couru ?

— Oui.

Le souffle court, Despina parlait de manière hachée.

— Pourquoi toutes ces questions ? s'étonna le comte.

— Afin de m'habituer au lieu du crime, répondit Higgins, bonhomme. Despina le connaît mieux que quiconque ; du moins, je le suppose.

— Que sous-entendez-vous ?

— L'un de vos invités a-t-il séjourné auparavant à Letchworth ?

— Non, répondit prestement le comte.

— Dommage... nous aurions bénéficié d'un excellent suspect. Mais...

Le regard de Higgins se figea ; Despina prit conscience qu'il fixait le haut de son décolleté. A la fois surprise, outrée et gênée, elle fit un pas de côté.

— Venez plus près, mademoiselle.

— Inspecteur ! Je...

— Votre perle... je ne la vois plus.

— Ma perle ? C'est impossible !

Despina pencha le menton pour examiner son corsage, passa l'index à l'emplacement de la perle disparue puis éclata en sanglots.

— On me l'a volée ! On m'a volé ma perle !

Le comte la prit tendrement par les épaules.

— Calmez-vous, mon enfant ; ce n'est pas si grave.

— Ma perle, j'y tenais tant...

— J'y tenais beaucoup aussi, indiqua Higgins.

— Aimeriez-vous à ce point les bijoux, inspecteur ? s'enquit Brian de Letchworth, ironique.

— La disparition de l'arme du crime est toujours contrariante.

CHAPITRE XIV

— L'arme du crime? Ça ne signifie quand même pas que...

— Mais si, M. le comte. L'assassin a volé l'épingle plus que la perle et a tenté de vous tuer en lésant une partie vitale; c'est un des cas de figure bien connu des crimes presque parfaits répertoriés dans le manuel de M.B. Masters. Il exige de grandes compétences anatomiques et beaucoup de doigté.

Brian de Letchworth réfléchit.

— Autrement dit, si l'un de mes chers ennemis a poursuivi des études médicales, nous tiendrons une piste sérieuse.

— C'est probable.

— Attendez un peu...

Le comte passa mentalement en revue ses invités et se remémora leur passé; il ne cacha pas sa déception.

— Hélas, aucun d'entre eux, à ma connaissance, ne s'est adonné à l'art d'Hippocrate.

— Les connaissez-vous suffisamment pour être aussi affirmatif?

— Lady Jane, oui... les autres, non, avoua-t-il piteusement.

— Le mystère reste entier mais il m'appartiendra de le percer. Quant à vous, mademoiselle...

Despina sursauta.

— Moi, inspecteur ?

— Aucun contact avec le monde médical ?

— Mon arrière-grand-mère, ma grand-mère et ma mère furent domestiques et j'ai perpétué la tradition avec joie et ferveur. Aussi loin que vous remonterez dans ma famille, vous ne trouverez pas d'autre profession.

— Vous voilà donc innocentée.

— Vous m'auriez soupçonnée ?

— Simple scrupule professionnel.

Higgins fit à nouveau quelques pas et arrêta ses décisions.

— Vous allez vous enfermer à double tour, M. le comte et n'ouvrirez qu'à Despina et à moi-même. Vous, mademoiselle, puisque vous êtes réveillée, arpentez les couloirs sans aucun bruit et criez très fort si vous repérez quelque chose de suspect.

— N'est-ce pas dangereux ? s'inquiéta le comte.

— Je ne crois pas que l'assassin frappera à nouveau cette nuit ; de mon côté, je vais inspecter le musée où ont été entreposés les trésors que vous destinez à vos hôtes.

Brian de Letchworth ôta la chaînette qu'il portait au cou et au bout de laquelle était attachée la clé du musée ; en la donnant à Higgins, son regard s'illumina.

— Voilà sans doute la vraie raison de cet attentat ! On voulait me tuer pour s'emparer de cette clé et dérober les trésors ! Cet attentat est signé par un collectionneur, c'est évident.

— Il faut se méfier des évidences, estima Higgins, mais votre hypothèse doit être retenue.

— C'est d'ailleurs la vôtre, inspecteur, puisque vous redoutez un vol !

— Vous lisez dans ma pensée, M. le comte.

***

Higgins ne disposait toujours pas d'un seul cadavre en bonne et due forme mais une énigme le défiait; tant de possibilités lui traversaient l'esprit qu'il ne s'arrêta à aucune.

Le plus grand calme régnait dans le musée de Letchworth où, comme le supposait le comte, une réponse l'attendait peut-être ; pour avoir entretenu un patient commerce avec des objets criminels, l'ex-inspecteur-chef savait qu'ils pouvaient être aussi truqués que les humains et présenter une façade avenante cachant leur pouvoir de destruction.

Higgins commença par examiner les quatre cannes de Lady Jane ; il tenta de dévisser les têtes de femmes symbolisant quatre continents mais n'obtint aucun résultat. La sculpture dans la masse était d'une qualité exceptionnelle, égale à celle des meilleures miséricordes ornant le chœur des cathédrales gothiques. Aucun mécanisme n'était dissimulé dans le corps des cannes; l'aristocrate n'avait apporté que des raretés inoffensives.

Les bouteilles historiques de Margaret Kintbury semblaient bien remplies de vins français de qualité d'ailleurs variable; mais la collectionneuse s'intéressait au contexte historique et non au cru lui-même. Nul bouchon artificiel, aucune arme cachée dans le sac.

Déception identique avec les dix paires de chaussons de danse de John Kintbury; bien que certains fussent d'une propreté douteuse, ils ne recélaient aucun maléfice. Seul un amateur éclairé pouvait apprécier à leur juste valeur ces témoignages de l'art du ballet qui ne firent guère progresser l'enquête.

Higgins éprouva un léger espoir en ouvrant la boîte en métal où sommeillaient les paires de lunettes anciennes appartenant à Kathlyn Amwell ; ce genre de coffret était apte à cacher des objets moins pacifiques. L'homme du Yard essuya une nouvelle déception : des lunettes, rien que des lunettes dont les branches, en plus ou moins bon état, portaient chiffres et signes cabalistiques qu'il nota avec soin ; ce type de marque ne lui était pas inconnu mais il lui faudrait opérer une vérification. Higgins chaussa plusieurs paires mais ne constata rien d'anormal ; la plupart des branches étaient fort usées et certains verres cassés.

La petite caisse métallique d'Emmett Barkway préservait-elle un secret inavouable ? L'ex-inspecteur-chef retira très lentement les statuettes des quatre compartiments et déchanta une fois de plus. Les Apollon nus, au visage poupin et à l'expression un peu stupide, n'étaient que des statuettes en terre cuite ; cet art précieux et décadent n'émouvait guère Higgins.

Il demeura une heure encore à l'intérieur du musée, réexamina les pièces de collection, chercha désespérément ce qui pouvait lui échapper. Non, la solution n'était pas à envisager dans cette direction-là ; restait un trésor à scruter.

Higgins sortit du musée, referma la porte blindée, traversa la cour sous une pluie fine et pénétra dans le salon d'honneur. Il tira le rideau rouge derrière lequel sommeillait la Bugatti tant convoitée par Lord Tennyson ; pour un connaisseur, il s'agissait d'un véritable chef-d'œuvre : une Bugatti royale, portant le nom de

« Coupé Napoléon », vainqueur du premier concours d'élégance organisé à Paris, au Parc des Princes. Le bolide, aux courbes élancées, semblait prêt à bondir pour avaler l'horizon. L'ex-inspecteur-chef dut se livrer à quelques contorsions afin de l'examiner à l'intérieur et par en dessous ; dans un état de propreté impeccable, la Bugatti royale ne celait d'autre secret que sa longévité.

Mains croisées derrière le dos, la mine sombre, Higgins se rendit jusqu'au garage où les chauffeurs de Lord Tennyson veillaient sur les trois merveilles qui avaient roulé jusqu'à Letchworth : un coupé de ville Blinder, une berline de voyage et un coach Kellner. L'homme de garde bondit sur l'ex-inspecteur-chef quand il entra dans le garage.

— C'est interdit !

— Pas pour Scotland Yard.

— La police... qu'est-ce qui se passe ?

— Un incident à signaler ?

— Non, rien... rien de rien. Tout est calme, ici. On s'ennuierait presque.

— Continuez à garder ces trésors.

— D'accord, m'sieur.

Higgins retraversa la cour et reprit le chemin de sa chambre ; les éléments de l'enquête fuyaient entre ses mains comme un vent capricieux. Il avait la sensation de marcher sur un sol mouvant et l'impression, plus désagréable encore, d'être pris au piège ; par un concours de circonstances, une nasse dont il ignorait la nature, se refermait sur lui. D'ordinaire, l'ex-inspecteur-chef luttait contre un adversaire qui, en commettant un crime, avait forcément laissé des traces ; cette fois, le mal rôdait, sans visage et sans fait concret.

Despina vint à sa rencontre.

— Rien d'anormal, mademoiselle?

— Non, inspecteur. Vous devriez vous reposer.

— Et vous-même?

— Mon rôle est moins important que le vôtre.

— Qui sait? Sans doute connaissez-vous des vérités que j'ignore.

Les joues de Despina rosirent à nouveau.

— Je reprends ma faction, assura-t-elle; vous pouvez dormir tranquillement.

CHAPITRE XV

Un homme qui n'a pas dormi, avait enseigné à Higgins un vieux maître chinois, doit se parfumer avec soin; ainsi paraîtra-t-il frais et dispos et répandra-t-il autour de lui l'harmonie de sa personne. Aussi l'ex-inspecteur-chef s'aspergea-t-il de l'eau de toilette *Jubilee Bouquet, Penhaligon's*, créée pour célébrer le couronnement d'Elisabeth II; cette jeunesse se fondait pourtant sur une antique tradition et l'utilisation de recettes éprouvées. Higgins termina sa toilette en lissant sa moustache poivre et sel de manière à ce que les poils fussent parfaitement alignés; un coup d'œil à la glace lui prouva qu'il était à peu près présentable, puisqu'il avait eu la bonne idée d'emporter un second pantalon de costume si habilement rangé dans la mallette de voyage que le pli se montrait presque impeccable.

A sept heures trente, l'homme du Yard entra dans le bureau du comte Brian de Letchworth. L'oreille pansée, vêtu d'un costume parme, le jabot flamboyant, le maître des lieux semblait rasséréné.

— Bonjour, inspecteur. Vous ne me croirez pas, mais j'ai quand même réussi à dormir deux heures sans faire de cauchemar; le corps humain est une extraordinaire machine.

— J'en suis heureux pour vous; la journée s'annonce difficile.

— Quel est votre plan?

— Nous n'avons guère le choix : il faut identifier l'agresseur.

— Vous comptez donc utiliser... la force policière?

— N'exagérons rien, M. le comte; certaines mesures seront néanmoins nécessaires.

— C'est extrêmement désagréable... mon sens de l'hospitalité risque d'être égratigné.

— Je prends tout sur moi.

— Je vous en sais gré, mais tout de même... jamais un Letchworth n'a imposé la moindre contrainte à ses invités.

— Scotland Yard y est obligé.

— En ce cas, inspecteur, partons la tête haute vers le champ de bataille; ne me considérez pas comme un lâche mais j'aimerais vous donner l'initiative.

— J'allais vous en prier.

Higgins regarda avec intérêt les photographies ornant les murs du bureau.

— L'Inde, commenta le comte; l'Inde des paysages immenses, des brahmanes, du Gange, des temples aux milliers de sculptures, des femmes-lianes... connaissez-vous ce continent?

— Un peu; j'ai eu l'occasion de m'y promener.

— Les divinités indiennes m'ont fasciné, avoua le comte. Songez à cette bête splendide, l'éléphant, dans lequel s'incarne l'intelligence céleste! Un symbole génial... ce monstre pataud, débonnaire et puissant est d'une finesse déroutante. N'avons-nous pas à prendre exemple sur lui?

— Sans aucun doute; eh bien, marchons.

Despina avait servi le breakfast dans le salon d'honneur où Lady Jane s'était assise la première, suivie du couple Kintbury, de Kathlyn Amwell et d'Emmett Barkway. Lord Tennyson, toujours costumé en pilote, était arrivé le dernier, mal réveillé.

— Vous êtes bien matinaux, se plaignit-il.

— L'avenir appartient aux érudits qui se lèvent dès potron-minet, déclara Emmett Barkway, pincé.

— Les érudits feraient mieux de parler comme tout le monde, rétorqua Lord Tennyson.

Le spécialiste des terres cuites se désintéressa de ses interlocuteurs et avança un siège pour Kathlyn Amwell.

— Vous voilà bien galant, ironisa Margaret Kintbury.

— Je n'ai pas à justifier mes actes.

— Insolent ! Oubliez-vous que vous vous adressez à une dame ?

— Cette affirmation exigerait une étude scientifique.

Margaret Kintbury souffleta l'érudit ; stupéfait, Emmett Barkway s'apprêtait à répliquer. Lord Tennyson s'interposa.

— Nous ne sommes pas en guerre, que diable ! Produire autant de bile est nocif pour l'estomac ; déjeunons, récupérons nos trésors et partons.

— Je crains de devoir ruiner ce beau projet, déclara Higgins qui venait d'apparaître sur le seuil du salon en compagnie du comte.

— Qu'est-ce que ça signifie ? demanda John Kintbury.

Higgins se déplaça afin de ne pas associer Brian de Letchworth à son intervention.

— L'un de vous est-il sorti de sa chambre pendant la nuit ?

— En quoi notre vie privée vous concerne-t-elle? s'insurgea Lady Jane.

— Il ne s'agit plus ni de moi-même ni de votre vie privée, mais de Scotland Yard et de témoignage.

— Pour quelle raison?

— Avant de vous donner une explication, veuillez répondre à ma question.

— La nuit, inspecteur, je dors et ne me promène pas dans les couloirs.

— Avez-vous entendu un bruit insolite?

— Sur quel ton vous le répéter : je dormais.

— Moi aussi, intervint John Kintbury; je me suis assoupi dès que j'ai posé la tête sur l'oreiller. Ma femme pourra le confirmer; n'est-ce pas, ma chérie?

— Évidemment.

— Vous êtes bien nerveux, observa Higgins; de quoi vous sentez-vous accusé?

— Accusé? Moi, John Kintbury?

Comme une tigresse défendant son petit, Margaret se plaça devant son mari.

— C'est scandaleux! Scotland Yard n'a pas le droit de lancer des accusations à la légère, surtout contre un homme parfaitement intègre et chargé de lourdes responsabilités; pourquoi nous importuner de la sorte?

— Parce que, cette nuit, quelqu'un a tenté de m'assassiner, intervint le comte avec humeur.

Ces paroles semèrent un trouble immédiatement perceptible; Kathlyn Amwell retint un cri naissant, Emmett Barkway laissa tomber le paquet de tabac qu'il tenait dans la main gauche, John Kintbury devint aussi rouge que s'il avait vidé une bouteille de brandy, son épouse se voila les yeux avec un mouchoir, Lord Tennyson ôta et remit ses gants à la blancheur impeccable. Seule Lady Jane demeura impassible.

— Cette triste nouvelle vous laisse-t-elle indifférente ? interrogea Higgins.

— Les personnes de mon rang ont appris à dissimuler leurs émotions, inspecteur. Lorsqu'on appartient à la caste supérieure, un certain comportement s'impose.

— « Caste supérieure » répéta Margaret Kintbury ; vous vous croyez donc tout permis ; même de tuer quelqu'un ?

— Modérez vos paroles, ma fille, ou l'une de mes cannes pourrait bien vous rompre le dos.

— John ! Tu ne vas pas laisser insulter ton épouse ?

Une nouvelle fois, Lord Tennyson effectua une mission de bons offices.

— Ne nous égarons pas, mesdames ! Notre police est la meilleure du monde. Si Scotland Yard est déjà sur l'affaire, nous ne serons pas longtemps importunés. Que l'inspecteur Higgins désigne immédiatement le coupable et nous rentrons chez nous.

— C'est précisément le point délicat, précisa Higgins ; non seulement je n'ai pas encore identifié l'auteur de l'agression mais je suis obligé de vous garder tous à Letchworth pendant quelque temps.

— Hors de question, estima Lord Tennyson, j'entends demeurer libre de mes mouvements. Que les autres soient suspects, peut-être ; moi, c'est ridicule.

— Je suis malheureusement obligé d'inclure ce ridicule-là dans mon enquête, déplora Higgins.

— Je m'en vais, inspecteur.

— Non, Lord Tennyson. Vous restez.

Les deux hommes s'affrontèrent du regard ; la détermination de Higgins l'emporta.

— Bien... j'accepte de vous aider, mais pas trop

longtemps. Je dois faire rouler mes Bugatti ; sinon, elles s'encrassent. Vous pouvez comprendre ça, à Scotland Yard ?

— Scientifiquement, analysa Emmett Barkway, il n'y a pas eu meurtre ; donc, pas vraiment de coupable.

— Souhaiteriez-vous que ce projet criminel aboutisse ? s'enquit Higgins.

Très gêné, l'érudit ramassa son paquet de tabac et roula une cigarette.

— Qu'attendez-vous de nous ? interrogea Kathlyn Amwell.

— Votre présence et votre aide si vous avez repéré un indice, répondit Higgins ; sinon, vaquez à vos occupations en profitant d'une journée de détente.

— Vous avez une curieuse conception du repos, observa Lady Jane en toussotant.

— Je souhaite que le mien ne soit pas éternel trop tôt, rétorqua Brian de Letchworth.

CHAPITRE XVI

A plusieurs reprises, le soleil perça les nuages ; la température dépassa les treize degrés et ce climat très doux fut propice aux promenades dans le parc. Lord Tennyson s'y aventura à plusieurs reprises, en dépit de sa claudication, non sans avoir vérifié auparavant le bon état de ses Bugatti. Lors de sa troisième sortie, peu avant le déjeuner, Higgins le rejoignit ; Tennyson Buzzard ne dissimula pas son irritation.

— En aurez-vous pour longtemps, inspecteur ?

— Tout dépend des circonstances.

— Ça signifie que vous n'avez aucune piste sérieuse et que vous attendez un événement.

— Difficile de prétendre le contraire.

— A votre place, je ne conduirais pas mon enquête de cette manière.

— Comment procéderiez-vous ?

— J'arrêterais n'importe qui. Comme tout criminel est un monstre de vanité, il sera contraint de se manifester comme un gibier sortant de son trou ; infaillible, croyez-moi.

— J'y songerai ; que pensez-vous de cette maison ?

— Une horreur. On ne cesse de s'y perdre ; mon domaine est beaucoup plus rationnel ; j'ai fait supprimer les quinze pièces du rez-de-chaussée pour aménager des garages. Si vous voulez mon avis, le coupable recommencera ; quand on déteste un homme comme Letchworth, on a vraiment envie de le détruire : trop riche, trop éloquent, trop gâté par la vie, laquelle, d'une certaine façon, prend sa revanche.

— Ne soupçonnez-vous vraiment personne ?

— Comment a-t-on tenté de le tuer ?

— Ce n'est pas très clair.

— Cherchez d'abord l'arme du crime : elle vous mènera tout droit à l'assassin.

***

Lady Jane passa le plus clair de la journée dans sa chambre ; elle changea à trois reprises de toilette et fut à chaque fois plus ravissante. Après le déjeuner, elle s'assit sur un pliant, au centre de la grande cour, et goûta la tiédeur ambiante en se protégeant des rayons du soleil grâce à une ombrelle.

— Puis-je troubler votre quiétude ?

— Comment vous résister, inspecteur ?

— Ne résistez plus et dites-moi la vérité.

— Quelle vérité ? La vôtre, la mienne ou celle de ce cher Brian ?

— Vous êtes assez perspicace pour faire le tri et ne garder que l'essentiel.

— Vous me surestimez, inspecteur ; cette agression m'a surprise. Détester le comte, le haïr, oui... mais le tuer ! Seul un être grossier et sans éducation peut avoir commis un attentat aussi sordide. A propos... quelle arme a-t-on utilisée ?

— Je ne peux vous le dévoiler.

— C'est sans importance. Protégez bien le comte. inspecteur : il en vaut la peine.

*
**

Kathlyn Amwell, installée dans le grand salon, dessina l'endroit; puis elle se promena dans le domaine et croqua quelques-uns de ses détails architecturaux. Higgins jeta un œil à ces esquisses qui ne manquaient pas de talent, bien que le trait fût un peu trop raide; la jeune femme ressentit la critique muette.

— C'est raté, n'est-ce pas? Je préfère le portrait. L'architecture est froide et lointaine.

— L'âme de la pierre n'est pas facile à percevoir.

— Croyez-vous, inspecteur, que celle des êtres humains soit moins secrète?

— Je ne possède pas assez d'expérience pour porter un jugement définitif.

— Vous vous moquez de moi. Soupçonnez-vous quelqu'un?

— Pas encore.

— Vous n'avez pas évoqué la manière dont l'attentat fut perpétré.

— Un petit piège destiné à dérouter l'assassin.

— A-t-il fonctionné?

— L'avenir nous le dira.

*
**

John et Margaret Kintbury, entre les repas où le banquier mangea et but jusqu'à plus soif, jouèrent aux cartes et aux dés. Lorsque Kathlyn Amwell tenta de s'intéresser à leur compétition, Margaret l'écarta sans ménagement; Lord Tennyson ne reçut pas un meilleur accueil.

Higgins se contenta de les observer de loin : les

Kintbury s'enfermaient dans un monde artificiel dont ils gardaient jalousement les mystères ; à moins qu'ils ne se contentent d'ériger une muraille entre eux et la réalité.

Excédée, Margaret Kintbury abandonna ses cartes et marcha, conquérante, vers Higgins.

— Allez-vous cesser cette persécution, inspecteur ? Mon mari et moi avons bien perçu votre manège : nous obliger à avouer un crime que nous n'avons pas commis.

— Vous aurais-je accusée ?

— Vos pensées sont limpides. Êtes-vous marié, inspecteur ?

— Sans vouloir vous offenser, Mme Kintbury, c'est moi qui pose les questions.

— Mais moi, je suis conseillère conjugale ! Décrivez-moi votre femme et je vous aiderai à devenir meilleur.

— Je crains qu'il ne soit trop tard.

— Erreur, inspecteur : on peut connaître le bonheur à tout âge à condition de bien choisir son conjoint ; et ça, c'est mon métier. Il est plus noble que le vôtre, soit dit en passant.

— En êtes-vous si certaine ?

La question désarçonna Margaret Kintbury ; elle chercha en vain une contre-attaque et préféra changer de terrain.

— Arrêterez-vous l'assassin avant ce soir ?

— S'il commet un impair, peut-être.

La conseillère conjugale regarda Higgins par en dessous.

— En tout cas, libérez-nous au plus vite ; mon mari et moi ne sommes pas en vacances.

*
**

C'est avec bonne grâce que le comte de Letchworth avait offert son bureau à Emmett Barkway afin qu'il y consultât quelques ouvrages rares consacrés à l'art gréco-bouddhique; l'érudit rouquin, fou de joie, dévorait des piles de volumes à la manière d'un gourmand se gavant de pâtisseries.

— Me permettez-vous de troubler quelques instants vos travaux?

— Soyez bref, inspecteur; je suis en pleine étude de chute des drapés sur l'épaule gauche des divinités mineures : un terrain complètement inexploré.

— Je suis persuadé, M. Barkway, que vous avez disséqué scientifiquement l'attentat contre le comte.

— Mobile, arme du crime, préméditation, empreintes; tant que vous n'aurez pas résolu ces problèmes, n'espérez pas progresser.

— Impossible, reconnut Higgins. Où avez-vous fait vos études?

— A Oxford, évidemment. Qui pourrait en douter? A part un policier mal dégrossi, peut-être.

Pour un ancien de Cambridge comme Higgins, cette révélation prenait des allures tragiques. Il lui faudrait toute la rigueur indispensable à un enquêteur pour ne pas placer immédiatement Barkway en tête de la liste des suspects.

— Avez-vous abouti à des conclusions?

— Certainement, mais je n'ai pas à vous les confier. A présent, ne m'importunez plus.

*
**

Dans la vaste cuisine de Letchworth qui fleurait bon les herbes aromatiques, Despina venait de recevoir le traiteur; le dîner serait digne du précédent.

— Satisfait de votre séjour, inspecteur?

— Votre question est bien ironique.

— Ne faut-il pas rire de tout, même du pire?

Le bonnet blanc cachait à nouveau les magnifiques cheveux noirs qui auraient mérité davantage de liberté.

— Avez-vous retrouvé l'épingle et la perle?

— Hélas non! Pour moi, c'est une perte affreuse.

— L'aviez-vous déjà égarée?

— Jamais; et je vous rappelle qu'il s'agit d'un vol.

— Je l'espère, murmura Higgins.

Despina soutint son regard un instant puis se pencha sur les médaillons de langouste et les carrés de foie gras.

— Depuis combien de temps êtes-vous au service du comte?

— Plusieurs années... mais vous le saviez.

— Un emploi agréable?

— Agréable et gratifiant.

— Vous occuper seule d'une si grande demeure...

— Un combat quotidien, c'est vrai; tel est le sel de mon existence.

— Je suis très embarrassé, mademoiselle, et je n'ose...

— Existe-t-il un homme dans ma vie? Est-ce bien la question que vous désiriez me poser?

— Eh bien...

— Eh bien oui, inspecteur, il y en a un : le comte Brian de Letchworth. Il prend toute la place; le servir ne me laisse aucun loisir.

— N'auriez-vous pas l'intention de vous marier?

Despina s'esclaffa.

— Moi, être aux ordres d'un petit tyran, soigner ses petites maladies et calmer ses petites angoisses?

Être obligée de le regarder vieillir, s'enliser dans sa médiocrité, constater qu'il oublie chaque jour davantage les discours enflammés de notre première rencontre... quelle horreur ! Si je ne m'abuse, inspecteur, nous approchons de dix-huit heures. Le moment n'est-il pas venu de vous habiller pour le dîner... si j'osais...

— Osez, mademoiselle.

— Parmi les smokings du comte, il y en a un trop grand pour lui qui fut livré par erreur. A mon avis, il vous conviendrait à merveille.

— L'expérience est risquée.

— Vous me feriez tellement plaisir.

***

Coupe remarquable, tissu de première qualité, allure d'un classicisme absolu : le port de cet austère vêtement rappela à l'ex-inspecteur-chef une cérémonie officielle, en Asie, où il avait été présenté au plus vieux brahmane encore en activité.

Tous les invités s'étaient retirés dans leurs appartements. Lady Jane avait fait passer un billet à Higgins, par l'intermédiaire de Despina ; elle y annonçait sa ferme résolution de quitter Letchworth dès le lendemain matin. Quant à Margaret Kintbury, s'arrachant à la quiétude de son couple, elle tentait d'organiser un front anti-Scotland Yard pour recouvrer au plus tôt sa liberté de mouvements.

Bruit de course dans le couloir, coups nerveux frappés à sa porte... Higgins ouvrit.

Une Despina haletante éprouva la plus grande peine à s'exprimer.

— On a de nouveau... essayé de... de tuer le comte !

CHAPITRE XVII

Despina fit boire au comte un grand verre d'eau.

— A petites gorgées, recommanda-t-elle.

Brian de Letchworth, mal remis de ses émotions, tremblait encore. Il offrit un pauvre sourire à sa domestique. Sur le cou de la victime, une trace rouge ; l'étrangleur avait raté son coup de fort peu.

— Etes-vous en mesure de me relater les faits ? demanda Higgins.

— N'êtes-vous pas inhumain ? protesta Despina, humectant le front du comte avec de la lavande de chez Yardley.

— Il a raison, dit Brian de Letchworth d'une voix faible... nous devons l'aider au maximum pour qu'il identifie le fou qui cherche à me supprimer.

— Que s'est-il passé exactement ?

— Je sortais de ma chambre pour me rendre à la salle à manger... quelque chose s'est enroulé autour de mon cou et l'on a serré, serré !

Le comte versa quelques larmes dues à une peur rétrospective avant de reprendre son récit.

— Mourir étouffé, c'est abominable... je me suis débattu, j'ai rué comme un cheval pris au piège... et le miracle s'est produit. Alors que je chancelais, la terrible pression s'est relâchée.

— Avez-vous réussi à frapper votre adversaire?

— Je l'ignore; tout cela n'a duré que quelques secondes. Je crois que je suis tombé, ma vue s'est brouillée, j'ai hurlé... dans quel ordre ces réactions se sont succédé, je suis incapable de l'affirmer.

— Avez-vous vu l'assassin?

— Vous auriez peine à le croire... je l'ai vu sans le voir quand il a pris la fuite. Mon regard était déjà embué de larmes.

— Pouvez-vous me le décrire?

— Il portait une casquette qui dissimulait ses cheveux et un imperméable noir, ressemblant à celui des tueurs de la Gestapo.

— Homme ou femme?

— Impossible à dire : je n'ai aperçu que son dos.

— Sa taille?

— Grande, non, moyenne... je ne sais pas, inspecteur, je vous jure que je ne sais pas!

Le comte, épuisé, s'affaissa dans son fauteuil.

— Cette séance de torture doit prendre fin, exigea Despina.

— Je voudrais tellement vous aider... tellement...

— Reposez-vous, M. le comte; votre témoignage m'a été fort précieux. Et, cette fois, nous avons l'arme du crime.

Higgins regardait le foulard jaune que l'assassin avait abandonné en s'enfuyant.

*
**

L'ex-inspecteur-chef avait ordonné à chacun des hôtes de Letchworth de regagner sa chambre et de ne pas en sortir sans son ordre; le ton grave et l'autorité naturelle d'Higgins avaient étouffé dans l'œuf les protestations naissantes. En précisant que le comte venait d'échapper de justesse à une seconde tentative de meurtre, l'homme du Yard avait dramatisé un climat déjà fort tendu.

Higgins procéda à un interrogatoire rapide de chacun des protagonistes; en entendant les hurlements du comte, Kathlyn Amwell et Emmett Barkway étaient sortis de leurs chambres en toute hâte. C'étaient eux qui avaient relevé la victime pendant que Lord Tennyson, alerté à son tour, s'était chargé de prévenir Despina. Aucun des trois témoins n'avait vu l'assassin.

Lady Jane, dont la chambre était la plus proche de celle du comte, n'avait rien entendu; elle s'apprêtait à prendre un bain et le bruit de l'eau coulant dans sa baignoire couvrait tout. Quant aux époux Kintbury, sur le conseil de John, ils s'étaient terrés dans leur nid douillet, certains qu'un drame se produirait et que l'assassin, après avoir supprimé le comte, pourrait bien retourner son arme contre eux.

Restait à interroger Tennyson Buzzard.

Quand Higgins frappa à sa porte, le pilote achevait d'égaliser les poils de ses favoris. Il ouvrit, jovial.

— Comment va Letchworth?

— Ses jours ne sont pas en danger.

— Tant mieux pour lui; avez-vous enfin arrêté le malade qui rôde dans ces murs?

— La situation devient très délicate, Lord Tennyson.

Le pilote posa ses ciseaux.

— Ce serait bien... l'un d'entre nous?

— Êtes-vous toujours habillé de la sorte?

Tennyson Buzzard, même pour une soirée de gala, avait refusé de quitter sa tenue habituelle : veste de cuir fourrée, gants blancs, foulard. Il ne lui manquait plus que le casque.

— Un pilote doit toujours être prêt à partir.

— Pourtant, la compétition vous est aujourd'hui interdite.

— Ne rêvez-vous jamais?

— Un détail a changé : vous portez un foulard rouge.

— Euh... oui.

— N'est-il pas jaune, d'ordinaire?

— Vous êtes très observateur.

— Pourquoi cette révolution, Lord Tennyson?

— J'ai égaré le jaune.

— Ne serait-ce pas celui-ci?

Higgins exhiba « l'arme » qu'il avait pris soin d'envelopper dans une serviette de table : l'ex-inspecteur-chef était persuadé qu'on n'y décèlerait aucune empreinte, mais il se devait de respecter les règles élémentaires.

— C'est possible...

— C'est même certain, affirma Higgins; regardez, ici : vos initiales.

— Admettons... où avez-vous trouvé mon foulard?

— Voici précisément le point délicat, Lord Tennyson : l'assassin l'a utilisé pour étrangler le comte Brian.

Tennyson Buzzard gratta sa tempe d'un index nerveux.

— A présent, je comprends tout; ce foulard jaune m'a été volé pendant ma sieste. Quand je me repose, après le déjeuner, j'ôte gants et foulard. J'ai cru que je l'avais égaré; parfois, je suis un peu distrait. L'assassin doit le savoir; comme disent les Français, il a voulu me faire porter le chapeau. Avec un indice comme celui-là, n'importe quel policier me mettrait aux fers !

— Les temps ont changé. Si j'accepte votre version, il me faut admettre que quelqu'un est entré dans votre chambre pendant votre sommeil et a subtilisé le foulard jaune afin d'orienter les soupçons vers vous.

— La manœuvre est évidente ; quand je dors, une bombe pourrait éclater sans que je me réveille. Me croyez-vous ?

Higgins marcha de long en large, le foulard à la main.

— Un détail m'intrigue, Lord Tennyson ; quand vous êtes accouru sur les lieux du drame, n'avez-vous pas aperçu votre foulard ?

— J'ai vu que Brian en tenait un serré dans sa main gauche et qu'il s'y agrippait tel un noyé à sa dernière planche de salut ; cela vous paraîtra curieux mais je n'ai pas songé à mon propre foulard.

— Pourquoi avoir prévenu aussitôt Despina et non... moi-même ?

— Entre nous, inspecteur, moins la police se mêle d'une affaire et mieux les choses s'arrangent.

CHAPITRE XVIII

Après une forte averse, le soleil perça en fin de journée; ruisselants d'eau, les arbres ressemblaient à des géants mouillés qui redressaient la tête. Higgins songea à l'*Ode champêtre* de Harriett J.B. Harrenlittlewoodrof :

En petites ramures,
Le frêne murmure;
En bonds frais et joyeux,
Les daims dansent heureux;
Et me voici ravie
Par ce doux incendie
Qui se meut et s'endort
Sous un grand soleil d'or,

— Vous rêvez, inspecteur?

Lady Jane, vêtue d'une jupe de daim et d'un blouson fauve adaptés à une promenade champêtre, s'était portée à ses côtés.

— Je méditais sur la paix environnante.

— Beauté de la nature et perversité de la race humaine... des lieux communs. La nature, elle aussi, est dangereuse et féroce.

— Mais souvent sincère; un ravin ne prend pas le masque d'une plaine.

— Oublieriez-vous les sables mouvants? A l'exception d'un parc correctement entretenu, je déteste la nature. Comment collectionner des arbres et des brins d'herbe? Les objets, eux, ne dépérissent pas; au contraire, ils s'enrichissent avec l'âge. Comment va le comte?

— Mieux; il se repose dans sa chambre.

— Fermée à double tour, j'espère?

— Bien entendu; la clé est dans ma poche et Despina surveille la porte. Les volets de la fenêtre du balcon, d'ailleurs inaccessible de l'extérieur, ont été fermés.

— Un sanctuaire impénétrable, par conséquent.

— J'en suis persuadé; que pensez-vous de vos collègues collectionneurs?

— Vous cherchez à me faire parler sans que je m'en aperçoive.

— Certes pas, Lady Jane, puisque je vous interroge sans détour.

— Vous êtes redoutable, inspecteur. Si j'étais l'assassin, je redoublerais de méfiance.

Jane Berwick et Higgins marchèrent lentement en direction de la propriété; ils empruntèrent une allée sablée bordée de massifs de fleurs ensommeillées.

— Les Kintbury sont des imbéciles prétentieux, assena-t-elle de sa voix aigrelette; la nature même de leur collection prouve assez leur médiocrité. Les avoir invités est une faute de goût dont ce malheureux Brian est, hélas, coutumier. Pour les autres, mon jugement sera moins sévère; Lord Tennyson, en dépit de ses bizarreries, appartient à notre monde; c'est un héros romantique, un guerrier blessé aux accès de fougue vengeurs et émouvants. Ses Bugatti sont des merveilles. Le petit Barkway est ridicule et charmant ; dans trente ans, il sera un notable parvenu, à l'épaisse bedaine ; il aura épousé Kathlyn Amwell qui lui aura donné trois ou quatre enfants et sera devenue grasse et laide. Espérons pour elle que son pinceau aura songé à peindre beaucoup d'autoportraits de sa jeunesse ; Kathlyn Barkway sera certainement aussi pédante et ennuyeuse que son érudit d'époux. Voilà mes appréciations ; sachez que je me trompe rarement sur le destin des gens.

— Vous avez oublié Despina.

— Dois-je m'abaisser à évoquer le cas d'une servante ? Une domestique reste une domestique même si, par des artifices, elle croit s'élever au-dessus de sa condition. Mais... qu'est-ce que c'est...

Lady Jane se pencha ; sur la troisième marche du perron, elle ramassa un petit objet scintillant au soleil couchant.

— Pour une surprise... n'est-ce pas la perle de cette chère Despina ? Oh ! Je n'aurais pas dû toucher l'épingle... elle semble tachée de sang séché et, à présent, mes empreintes y figurent. Je suis désolée, inspecteur ; voulez-vous recueillir ce précieux indice ?

Higgins déploya un mouchoir ; Lady Jane y déposa la première arme du crime.

***

— Je voudrais vous parler en particulier, inspecteur, loin de toute oreille indiscrète.

— Faisons quelques pas à l'extérieur de la maison, Mlle Amwell.

— Fort bien.

Élégante sans recherche, nerveuse mais maîtresse d'elle-même, la jeune femme n'avait pas quitté ses lunettes aux verres fumés; elle se déplaçait avec beaucoup de grâce, à la manière d'une ondine de la mythologie celtique.

— Je ne voudrais pas que mes paroles fussent mal interprétées, inspecteur; nuire n'est pas mon but. Mais ce que j'ai vu...

— Je comprends vos réticences, mademoiselle; à vos propres yeux, vous devenez une délatrice.

— C'est un peu ça...

— S'estimer soi-même est un bien précieux; que votre conscience vous dicte votre conduite. Je ne vous contraindrai pas à parler, malgré cette confidence.

En proie à un débat intérieur, Kathlyn Amwell réfléchit pendant une longue minute.

— On a tenté de tuer un homme, conclut-elle; je vous dois mon observation. Emmett Barkway et moi sommes sortis à peu près en même temps de nos chambres, alertés par les cris du comte; il tenait un foulard jaune que j'ai cru aussitôt reconnaître : celui de Lord Tennyson. J'ai également noté que les doigts du comte se crispaient à un endroit précis de l'étoffe; quand Emmett et moi l'avons aidé à marcher, il a relâché un instant sa pression et j'ai pu voir les initiales qu'il tentait de cacher.

— Celles de Lord Tennyson.

— Exactement.

— Quand il est arrivé à son tour sur le lieu du drame, était-il fébrile, essoufflé?

— Pas du tout, jovial et détendu.

⁂

— Ça m'ennuie de vous dire ça, inspecteur, mais j'ai vu un bien curieux ballet sur le perron.

— Soyez plus précis, M. Barkway.

— De la fenêtre du bureau, on ne voit pas très bien la volée de marches ; néanmoins, en levant la tête de temps à autre, et sans aucune volonté d'épier, j'ai vu John Kintbury se pencher sur quelque chose, à hauteur de la troisième marche. Il a hésité, s'est penché à nouveau, s'est redressé, a sorti un flacon de la poche arrière de son pantalon et l'a bu au goulot avec un singulier manque de distinction. Je n'ai pas l'habitude de collaborer avec des gens tels que vous, mais cette grossièreté me contraint à témoigner.

L'érudit rouquin fit un splendide rond de fumée qui monta vers le plafond et explosa contre un stuc.

***

— Est-il interdit de se promener ? s'insurgea John Kintbury.

— Pas plus que de boire en cachette, répondit Higgins.

— En ce cas, pourquoi me convoquer hors de la présence de ma femme, comme si j'étais un assassin ?

— Parce que, sur la troisième marche du perron, vous avez vu quelque chose d'important.

Le visage du banquier se congestionna.

— Comment le savez-vous ?

— Témoin oculaire.

— Sans doute cette petite peste de Kathlyn Amwell ou son chevalier servant...

— Peu importe. Avez-vous vu quelque chose ?

— J'ai cru voir, inspecteur, nuance ! Seulement cru... comme j'avais peut-être un peu trop bu, j'ai vite compris que ma vision m'abusait.

— Décrivez-moi ce mirage.

— Une perle, une perle énorme! Elle ressemblait beaucoup à celle de la servante... je n'ai aucun goût pour les bijoux. Ma femme n'en porte pas.

— Une hypothèse, M. Kintbury : n'auriez-vous pas disposé vous-même cette perle sur la troisième marche du perron?

— Vous dites n'importe quoi! Comment serait-elle entrée en ma possession?

— Soit Despina vous l'aurait donnée, soit vous l'auriez volée.

La colère déforma les traits du banquier.

— Encore une accusation comme celle-là, et ma femme et moi portons plainte; nous vous aurons prévenu.

John Kintbury claqua violemment la porte de la chambre de Higgins.

L'ex-inspecteur-chef passa dans sa salle de bains et se parfuma pour le dîner; enquêter sur deux crimes sans cadavre ne manquait pas de piquant. Comédie ou tragédie? Shakespeare avait réussi à concilier les extrêmes; de quel drame le domaine de Letchworth serait-il le théâtre?

L'impression d'être tombé dans un piège dont le créateur restait dans l'ombre ne disparaissait pas; Higgins détestait ce genre de carcan dont il connaissait trop la tendance à se transformer en étouffoir. Au-dessus de sa tête, une épée de Damoclès menaçait; ce n'était pas avec un crâne défoncé qu'il continuerait à jouir de sa retraite.

CHAPITRE XIX

Le dîner fut sinistre.

En dépit de l'excellence des mets, seul John Kintbury prit plaisir à s'en gaver. Brian de Letchworth, malgré un état de santé précaire, avait tenu à honorer cette réception de sa présence. Higgins sentait monter en lui une sourde inquiétude que le fruité d'un dompérignon exceptionnel ne parvint pas à dissiper. Despina, moins pimpante qu'à l'ordinaire, servit les convives sans sourire.

— Vous avez un grain de poussière sur l'épaulette gauche de votre smoking, dit Margaret Kintbury à Emmett Barkway.

— Exact, constata Kathlyn Amwell en époussetant l'érudit d'un doux revers de main.

— Qui fréquente les ouvrages scientifiques s'expose à ce genre de désagrément ; je suppose que je suis le seul dans ce cas, assena le rouquin.

— Détrompez-vous, jeune homme ! objecta Lord Tennyson. Je possède chez moi quantité d'opuscules sur l'automobile.

— Des ouvrages de technologie, lança dédaigneusement Emmett Barkway. La vraie science, c'est autre chose ; prenons, par exemple, le cas de la naissance d'Alexandrie...

— Ne vous donnez pas tant de mal, lança Lady Jane. Vous tentez maladroitement de nous faire oublier que nous sommes tous suspects d'assassinat.

— D'une tentative d'assassinat, rectifia Margaret Kintbury.

— De deux tentatives, rectifia derechef Lord Tennyson ; je suis bien placé pour le savoir.

— Pourquoi ? s'étonna la conseillère conjugale.

— Parce que l'assassin s'est servi de mon foulard favori pour tenter d'étrangler Brian.

Les joues de Kathlyn Amwell rosirent.

— Vous me trouvez trop franc, peut-être ? poursuivit le pilote. C'est ma nature et je n'en changerai pas. Qu'on tue, passe encore ; mais qu'on tue en me désignant comme coupable, ça ne va plus du tout ! Alors, je pose la seule question intéressante avant de tout casser dans cette maison ; qui a volé mon foulard ?

Un pénible silence pesa sur l'assemblée ; Lady Jane le rompit.

— Vous ne casserez rien du tout, car vous êtes un collectionneur respectueux des objets et personne, pas même l'inspecteur Higgins, ne vous accuse formellement.

— Pourtant, estima Emmett Barkway, ce foulard est une sorte de preuve.

Très raide, Lord Tennyson se leva.

— Répétez ça.

— Asseyez-vous, exigea Higgins, « preuve » est un mot trop lourd de sens pour être manié à la légère. Un scientifique devrait le savoir.

Un bruit violent fit sursauter les convives. Despina venait de lâcher son compotier qui, en tombant sur le dallage, s'était brisé en mille morceaux.

— Quelle maladroite, déplora Margaret Kintbury.

La servante se révolta ; écartant du pied les débris de verre, elle s'exprima d'une voix haute et ferme.

— Cessez vos querelles idiotes et préoccupez-vous plutôt du comte ! C'est sa vie qui est en jeu, pas la vôtre, tout le monde l'oublie, ici.

— Cette fille a perdu l'esprit, estima Lady Jane ; qu'elle se taise immédiatement ! Jamais une domestique n'a osé intervenir de cette manière à la table du maître. Agissez, Brian !

Le comte de Letchworth se leva à son tour.

— Je suis épuisé et vous demande de me pardonner si je me retire déjà ; j'aspire à me reposer.

— Je vous accompagne, dit Despina, dont le regard enflammé croisa celui, glacial, de Lady Jane.

***

A lui seul, Higgins ne pouvait surveiller la maisonnée ; ces deux tentatives, curieusement manquées, lui laissaient croire que le comte ne courait pas un danger aussi immédiat que Despina le prétendait. Mise en scène... l'hypothèse prenait forme. En toute logique, l'ex-inspecteur-chef aurait dû prendre position devant l'entrée du musée où étaient entreposés tant de trésors ; celui ou celle qui menait les manœuvres de diversion n'avait-il pas cet objectif en tête ? Mais l'homme du Yard se devait de veiller sur Letchworth ; aussi monta-t-il la garde devant la porte du comte et arpenta-t-il le couloir le plus proche, après avoir salué les invités en s'assurant que chacun s'enfermait bien dans sa chambre. Despina, fort mécontente, avait dû se plier à cette règle.

Higgins n'était pas maître d'un jeu qu'il savait truqué ; par qui et pourquoi ?

⁂

A une heure du matin, Brian de Letchworth se leva; c'était son heure, celle de son adversaire aussi. Il n'avait pas besoin de lui donner rendez-vous; quelques regards avaient suffi pour convenir de l'heure et du lieu de la rencontre, tant ils se connaissaient bien l'un l'autre.

Le comte ne sortit pas de sa chambre par la porte mais par un couloir dérobé dont une tenture dissimulait l'accès. L'étroit boyau, creusé dans la masse d'un mur de soutien, aboutissait à l'intérieur du musée; il suffisait de soulever une trappe pour déboucher au milieu de la pièce. De l'intérieur, il pourrait manœuvrer la porte blindée et accueillir son hôte.

Mais c'était un assassin qui l'attendait de l'autre côté de la porte; un assassin qui ne reculerait probablement pas devant le crime, à moins qu'une conversation franche et les événements survenus depuis son arrivée à Letchworth n'aient modifié son âme.

Il avait peur; ses mains tremblaient. Tant qu'il n'aurait pas ouvert cette porte, il serait en sécurité; ensuite, son destin ne lui appartiendrait plus. Reculer... non, impossible. S'il n'agissait pas, l'assassin entrerait en action; aussi plaça-t-il au centre du musée la canne Cromwell, faiblement éclairée par la lumière de la lune passant à travers l'unique fenêtre.

Brian de Letchworth ouvrit; comme il l'avait prévu, son adversaire était là.

— Entrez.

— Enfin tranquilles, entre nous. J'ai attendu ce moment avec impatience.

Le comte referma la porte et fit face à l'assassin.

— Ainsi, vous voulez vraiment me tuer?

— Oui... bien sûr que oui; en doutiez-vous?

— J'aimais en douter.

— Votre faiblesse naturelle.

— Je la préfère à votre cruauté.

— Ne prononcez pas des mots dont vous ignorez le sens, M. le comte; vous êtes un faible. Les faibles doivent être supprimés, surtout lorsqu'ils deviennent dangereux.

— Et si vous renonciez... Je suis persuadé qu'il y a du bon en vous. Aucun être n'est totalement dépourvu de sentiments humains.

Pour toute réponse, l'adversaire du comte ramassa la canne-épée.

— Vous n'oserez pas.

La canne se pointa sur la poitrine du comte.

— Si vous déclenchez le mécanisme, vous m'enfoncerez la lame dans les chairs; il s'agira d'un meurtre prémédité.

— Prémédité et tellement espéré... l'une des plus grandes joies de mon existence.

— Pour vous-même, je vous en supplie... ne faites pas ça.

L'assassin déclencha le mécanisme.

La lame ne sortit pas.

— Vous avez eu tort de me prendre pour un imbécile; j'ai redouté votre haine et modifié le mécanisme. Je voulais m'assurer de votre détermination... hélas, en voici la preuve.

— A quoi vous servira-t-elle?

— J'espérais vous sauver; votre attitude me navre.

— Que comptez-vous faire?

— Vous livrer à la justice. J'avais pensé...

— A quoi?

— A vous tuer.

— Vous?

Le comte s'empara d'un bouddha en or et l'éleva au-dessus de la tête de son adversaire qui demeurait immobile.

— Eh bien, frappez; tuez-moi.

Brian de Letchworth sentit ses bras faiblir; il reposa la statue sur son socle.

— Je ne pourrai jamais...

Le comte harassé, ferma les yeux. Il ne vit pas venir le premier coup; l'assassin prit le bouddha par le milieu du corps et, libérant sa rage, fracassa le crâne du dernier des Letchworth; blessé à mort, le comte eut la force de marcher jusqu'au mur et d'appuyer sur la sonnette d'alarme qui fit hurler des sirènes dans tout le domaine.

CHAPITRE XX

Assis sur une chaise au milieu du couloir, à mi-distance entre la chambre du comte et le musée, Higgins chercha à repérer l'endroit d'où provenait le mugissement de la sirène ; il courut dans la direction du bruit infernal, revint sur ses pas, perdit du temps et se rapprocha ainsi de la chambre du comte.

Vint vers lui une Despina pieds nus, les cheveux défaits, une robe de chambre passée à la hâte, en proie à la plus vive agitation.

— Il se passe quelque chose de grave, inspecteur.

— Cette sirène...

— Elle est déclenchée par une alarme qui se trouve dans le musée.

— En ce cas, pourquoi venez-vous de la chambre du comte ?

— Parce que... parce qu'il s'y trouve forcément. Forçons la porte, je vous en supplie !

— Par où êtes-vous passée ? J'aurais dû vous voir.

— Par le couloir de service, qui longe l'arrière des chambres ; dépêchons-nous !

La sirène s'arrêta ; le silence fut encore plus sinistre.

Tous les invités, cette fois, étaient sortis de leur

chambre et barraient la route à Higgins; Lady Jane, dont le maquillage semblait parfait, avait revêtu une somptueuse robe de chambre grenat : Lord Tennyson, en pyjama rayé, portait toujours ses gants blancs; Kathlyn Amwell, en nuisette brodée, avait les cheveux mouillés et le visage ruisselant d'eau; Emmett Barkway, en maillot de corps et pantalon flottant, était chaussé de mocassins parfaitement cirés; quant aux Kintbury, ils étaient habillés et avaient même pris la précaution de revêtir un imperméable.

John Kintbury semblait en proie à une crise de nerfs.

— Je veux quitter immédiatement cette maison... Qu'on me laisse passer!

— Qu'il se taise, exigea Kathlyn Amwell; pourquoi cette alerte?

— Nous sommes dans un asile de fous, décréta Emmett Barkway.

— Assez! hurla Despina, suffisamment autoritaire pour imposer un nouveau silence.

Chacun se figea sur ses positions; le regard de Higgins se fit perçant et sa voix impérieuse.

— Lady Jane, Lord Tennyson, Mlle Amwell, regagnez vos chambres et n'en sortez sous aucun prétexte.

— Et nous? demanda Margaret Kintbury.

— Vous et Despina, vous me suivez.

— Que signifie...

— Taisez-vous, M. Kintbury; votre situation n'est guère brillante.

— Expliquez-vous, exigea son épouse.

— Plus tard, madame; vous et votre mari, je vous enferme dans ma chambre.

— C'est, c'est...

— Une nécessité.

— Ouvrez cette porte, Despina; vous possédez certainement un passe.

— Je...

— L'heure n'est pas aux mensonges...

Despina se mordit les lèvres et sortit une clé de la poche de sa robe de chambre; Higgins entra le premier. Le lit n'était pas défait; comme pu le vérifier Despina, le comte avait quitté ses appartements.

— Il faut aller au musée, tout de suite!

— Certainement, mais soyons sérieux : cette demeure est truffée de passages secrets et de couloirs de liaison. Le comte n'est pas sorti d'ici par la porte principale; montrez-moi les autres accès.

Despina, très inquiète, ne se fit pas prier; il existait trois issues permettant au comte de s'éclipser à sa guise.

La première issue, dissimulée derrière une armoire montée sur roulettes, donnait dans le couloir de service qui, selon les révélations de Despina, sinuait derrière les chambres selon un parcours compliqué; la seconde, aménagée dans la salle de bains, permettait d'accéder au niveau du toit, de le longer et de se rendre à n'importe quel endroit du domaine. La troisième issue était cachée derrière une tenture; en la soulevant, Despina parut de plus en plus inquiète.

— Ce couloir-là est très étroit, expliqua-t-elle; il mène directement au musée. Du moins, c'est la légende... moi, je ne me suis jamais aventurée dans ce boyau.

— Qui vous a raconté cette légende?

— Le comte, avoua-t-elle en baissant les yeux. Ce n'est peut-être pas prudent...

— Donnez-moi un chandelier.

— Je... je peux vous suivre?

— A votre guise.

Le passage, effectivement bas et étroit, était rythmé par plusieurs coudes ; son arthrose aux genoux le laissant en paix, Higgins progressa assez vite.

Parvenu à l'extrémité du couloir, il leva la tête et aperçut une trappe. Despina le rejoignit ; il lui confia le chandelier.

— Attendez-moi ici.

— Vous craignez...

— Ce pourrait être dangereux, en effet. Si vous entendez un bruit de lutte, courez prévenir vos hôtes.

— Il vaudrait mieux...

— Nous n'avons plus le temps de tergiverser, mademoiselle.

Higgins poussa la trappe ; légère, elle se manœuvrait avec aisance. S'agrippant à des barreaux scellés dans le mur, il se hissa sans trop de peine à l'intérieur du musée faiblement éclairé par la lumière blafarde d'un rayon de lune.

En accomplissant ces efforts physiques qui lui rappelaient ses exploits d'antan, l'ex-inspecteur-chef songeait à deux faits patents : d'une part, Despina connaissait tous les secrets du domaine ; d'autre part, quiconque en savait autant qu'elle pouvait se déplacer d'une pièce à l'autre avec la plus grande aisance sans utiliser les portes donnant sur les couloirs visibles.

Le pied de Higgins heurta un objet ; comme les chats, l'homme du Yard était capable de voir dans les ténèbres. Il reconnut la fameuse canne Cromwell.

Une senteur très forte agressa son odorat ; en progressant de deux pas, il se rapprocha de l'endroit d'où elle provenait. Il lui suffit de mettre le genou à terre et de se pencher pour identifier quelques brindilles d'un tabac exotique.

L'ex-inspecteur-chef se sentait mal à l'aise; pourtant, il devait continuer son exploration. Sans doute de graves événements s'étaient-ils produits en ce lieu sinistre.

— Est-ce que tout va bien? interrogea la voix anxieuse de Despina. Puis-je monter?

— Attendez encore, répondit Higgins.

Il avançait comme un félin, attentif à ne pas détruire le moindre indice; son regard tomba sur l'un des bouddhas en or massif, gisant tristement sur le côté. Sur le socle, des traces de sang et des cheveux collés; un peu plus loin, près du mur, dans une obscurité que ne parvenait pas à percer le rayon de lune, gisait un corps.

Le bras droit du comte Brian de Letchworth était encore dressé, de manière presque grotesque, vers la sonnette d'alarme sur laquelle il avait eu le temps d'appuyer.

Despina, désobéissant à l'ex-inspecteur-chef, s'était hissée à son tour à l'intérieur du musée.

— Où êtes-vous?

Higgins, effondré, contemplait le cadavre; Despina l'aperçut, courut vers lui et, à la lueur de la bougie, découvrit l'horrible spectacle.

— M. le comte... non, oh non!

Les yeux de la jeune femme vacillèrent, elle lâcha le chandelier et s'évanouit.

CHAPITRE XXI

Contrairement aux brutes prétendant que l'on réveille un évanoui en le giflant violemment, Higgins se pencha sur la jeune femme et massa plusieurs points d'acupuncture; quelques minutes plus tard, Despina reprit conscience.

— Où suis-je... M. le comte, vous êtes vivant...

— Non, Despina. Je suis l'inspecteur Higgins et Brian de Letchworth est mort.

En tombant, la bougie s'était brisée et la flamme éteinte; le musée était nimbé de lumière argentée. Despina passa les bras autour du cou de Higgins qui l'aida à se relever.

— Oh non... dites-moi que c'est un cauchemar...

— Désolé de vous bousculer ainsi, mais il vaut mieux regarder la réalité en face.

Les yeux de Despina furent irrésistiblement attirés par le cadavre.

— Là-bas, cette masse sombre...

— C'est lui.

— Et s'il respirait encore?

— Il a été frappé avec une sauvagerie inouïe, révéla Higgins; je vous déconseille de regarder.

Despina pleura d'abondance; l'ex-inspecteur-chef

l'entraîna vers la porte du musée. Il constata qu'on pouvait la manœuvrer de l'intérieur ; de plus, elle n'avait même pas été refermée à clé. Sans doute le comte avait-il ouvert à son assassin qui avait pu emprunter l'un des nombreux passages secrets pour regagner sa chambre.

— J'aimerais boire quelque chose de fort, demanda la servante.

Dans le bar du salon d'honneur, Higgins trouva un cognac de bonne qualité ; Despina en but deux verres cul sec et reprit quelques couleurs.

— Vous connaissez cette demeure dans les moindres recoins.

— Aussi bien que le comte, avoua-t-elle.

— Pourquoi m'avoir caché cette architecture secrète ?

— Parce qu'il me l'avait ordonné.

— A présent, Despina, il faut avoir confiance en moi et tout me dire.

Elle rejeta en arrière les cheveux noirs qui lui cachaient le front puis serra les doigts sur son verre vide.

— J'ai confiance, inspecteur, je n'ai même confiance qu'en vous... dès que je vous ai vu, j'ai su que vous étiez un homme juste et généreux. A plusieurs reprises, j'ai eu envie de vous parler... mais j'étais liée par la parole donnée au comte.

— D'une certaine manière, vous étiez sa complice.

— Il désirait organiser un jeu, le plus passionnant de son existence, en invitant ses pires ennemis ; quand j'ai souligné le danger qu'il courait, il a changé de sujet.

— Le meurtre annoncé était donc le sien... et c'est lui qui a invité son assassin ! Ne vous a-t-il pas confié ses soupçons ?

— Non. Il a exigé que je lui obéisse en tout point, sans me poser de questions.

— Et vous, Despina... qui soupçonnez-vous?

— Ils me font tous peur! Ce sont des gens dangereux, capables de tuer pour leur passion.

— L'un d'eux avait-il déjà séjourné ici?

— Non, aucun.

— Le comte s'est montré bien peu bavard.

— C'est vrai, d'ordinaire, j'avais droit à davantage de confidences. Ah! Il y a une phrase qui m'a beaucoup étonnée... à peu près ceci : « Si je n'agissais pas ainsi, ce serait bien pis. » J'ai sollicité des explications qu'il m'a refusées.

Higgins nota les déclarations de Despina, d'une écriture légèrement plus rapide qu'à l'ordinaire; certains pleins manquaient de rondeurs et les déliés de majesté. Quelques exercices respiratoires, hérités de ses séjours en Orient, l'aidèrent à maîtriser son émotion.

— Vous ne vous sentez pas bien, inspecteur?

— Un malaise passager; on ne s'habitue pas à la mort d'autrui, mademoiselle.

— Que comptez-vous faire, à présent?

— Avertir officiellement Scotland Yard.

— L'assassin... il est encore ici!

— C'est certain.

— Et s'il recommençait, s'il...

Elle se blottit contre Higgins.

— Soyez sans crainte; vous serez protégée.

Elle leva vers lui des yeux affolés.

— Je peux rester... tout près de vous?

— J'allais vous le demander; indiquez-moi un téléphone.

— Sur la commode de la grande entrée.

Higgins n'avait plus le choix ; il composa le numéro du superintendant Scott Marlow. Selon son habitude, ce dernier dormait dans son bureau afin d'être le plus vite possible à pied d'œuvre dès que les premiers dossiers du matin s'empileraient devant lui ; certes, contrairement à Higgins, Marlow avait une foi souvent aveugle dans les méthodes modernes et scientifiques. Mais il possédait des qualités rares que l'ex-inspecteur-chef appréciait au plus haut point : la conscience professionnelle, le goût du travail bien fait et le sens du devoir.

Scott Marlow décrocha à la douzième sonnerie.

— Désolé de troubler votre sommeil au milieu de la nuit, superintendant.

— Higgins ? Que se passe-t-il ?

Marlow, la voix épaisse et la langue pâteuse, fut immédiatement réveillé. D'ordinaire, c'était lui qui suppliait Higgins, de mille et une manières, de lui venir en aide dans des affaires douteuses et complexes où la réputation du Yard et parfois l'honneur de la Couronne étaient menacés ; lors de chacune de ses démarches, il craignait d'essuyer un refus tant Higgins tenait à son indépendance et se montrait inaccessible aux pressions. Que l'ex-inspecteur-chef l'appelât à une heure pareille tenait du miracle et cachait forcément un fait peu banal.

— J'ai besoin de vous, mon cher Marlow.

— Auriez-vous eu un accident ?

— Il s'agit d'un meurtre et je suis coupable.

Marlow crut que le ciel de Scotland Yard lui tombait sur la tête.

— Vous... vous avez tué quelqu'un ?

— Pas exactement ; en raison de ma négligence et de ma stupidité, je me considère comme coupable.

Scott Marlow poussa un énorme soupir de soulagement.

— Où vous trouvez-vous?

— Au domaine de Letchworth. Nous devrons travailler assez vite; pourrais-je vous suggérer de venir avec des policiers en uniforme pour empêcher toute fuite et un laboratoire mobile afin de procéder à des expertises sur place?

— Par saint Georges! Qui est la victime?

— Le comte de Letchworth.

Le nom de cet aristocrate excentrique avait si souvent défrayé la chronique que Marlow, très attaché aux principes de la morale victorienne, ne s'étonnait pas trop de cette disparition brutale.

— Cause de la mort?

— Crâne défoncé avec un bouddha en or massif.

— Le demi-dieu hindou?

— L'apôtre de la non-violence, en effet; on est parfois trahi par la postérité, mon cher Marlow.

— Un suspect?

— Beaucoup de suspects, beaucoup trop.

— J'organise tout et j'arrive, Higgins.

— Grâce vous en soit rendue, mon cher Marlow.

Despina n'avait pas perdu un seul des mots prononcés par Higgins.

— Les invités... nous les bouclons? suggéra-t-elle.

— J'ai quelques questions à leur poser.

En traversant la grande cour, Higgins se heurta à Lady Jane.

— Je m'en vais, inspecteur; n'essayez pas de me retenir.

— Si vous franchissez la porte de ce domaine, vous serez inculpée de meurtre avec préméditation.

L'aristocrate fit quelques pas, s'arrêta et revint en arrière.

— C'est... sérieux?

— Le comte a été assassiné.

Elle abaissa son chapeau sur les yeux.

— En ce cas, je reste; j'étranglerai l'assassin de mes mains.

CHAPITRE XXII

Margaret Kintbury bondit sur Higgins dès qu'il ouvrit la porte de sa chambre.

— C'est une séquestration pure et simple ! Mon mari et moi portons plainte contre vous.

— Pour le moment, dit l'ex-inspecteur-chef avec froideur, reculez et placez-vous au centre de la pièce sans bouger.

— De quel droit...

— Le comte Brian a été assassiné et je recherche l'assassin.

Cette déclaration plongea John et Margaret Kintbury dans un profond désarroi.

— Je proteste, je...

Son mari la tira par le bras.

— Il vaudrait mieux obéir à l'inspecteur, ma chérie ; cette affaire prend mauvaise tournure.

Lorsque le couple fut installé au milieu de la chambre, dans une attitude aussi compassée qu'inquiète, Higgins commença à tourner autour d'eux.

— Je suppose que ni l'un ni l'autre n'avez quitté votre chambre pendant la nuit.

— Exact, répondit Margaret, très ferme.

— Le confirmez-vous, M. Kintbury?

— Oui, oui... je le confirme.

— Pourquoi étiez-vous habillés de la sorte?

Les deux époux se regardèrent; ni Margaret ni John ne trouvèrent de réponse.

— C'est assez simple, pourtant : vous étiez sur le point de partir.

— Et alors? s'insurgea John Kintbury. Ce n'est pas un crime! Nous...

— Imbécile! le coupa Margaret avant de se hausser du col. Nous attendons un avocat, inspecteur. Jusqu'à son arrivée, nous serons muets.

— La poche gauche de votre imperméable est déformée par des objets lourds, M. Kintbury; vous devriez la vider.

— Hors de question! protesta la conseillère conjugale.

— Scotland Yard sera bientôt sur place, annonça Higgins, et j'exigerai une fouille corporelle.

Horrifiée, Margaret Kintbury céda; d'un clignement de paupières, elle fit signe à son mari d'obéir. Penaud, il sortit de sa poche plusieurs petits éléphants en jade.

— A votre tour, Mme Kintbury.

— Comment?

— Les deux poches de votre imperméable sont remplies à craquer; veuillez déposer leur contenu devant vous.

D'une main nerveuse, elle s'exécuta.

— Il apparaît que vous et votre mari avez commencé une nouvelle collection; ces premières pièces sont malheureusement le produit d'un vol puisqu'elles proviennent du bureau du comte de Letchworth.

— Vous osez !

— Ne niez pas les faits, madame ; vous deviendriez stupide.

John Kintbury s'avança d'un pas.

— C'est elle qui a eu l'idée, inspecteur ; je n'étais pas d'accord. Elle m'a menacé.

D'abord abasourdie, l'épouse du banquier retrouva ensuite sa vigueur pour le gifler à toute volée.

— Espèce de lâche ! Le voleur, c'est toi... je savais que cette combine minable échouerait.

— Menteuse... je ne savais même pas que tu avais osé te rendre dans le bureau du comte et glisser ces jades dans la poche de mon imperméable !

Margaret gifla à nouveau son mari, mais cette fois, il répliqua ; sous la violence de l'impact, elle recula. Higgins jugea nécessaire de mettre fin à cette querelle.

— Nous nous reverrons plus tard ; ne sortez pas d'ici et ne fouillez pas dans mes affaires : il n'y a rien à voler.

*
**

— Vous les soupçonnez vraiment ? demanda Despina dont l'oreille droite était restée collée à la porte de la chambre d'Higgins tout au long de l'interrogatoire. Ils semblent si veules, l'un comme l'autre !

— On m'a souvent joué la comédie avec un talent que vous n'imaginez pas ; mieux vaut être accusé d'un vol que d'un crime.

*
**

Kathlyn Amwell, bien coiffée, avait revêtu son tailleur rose pâle.

— Est-ce grave, inspecteur?

— Le comte a été assassiné.

— Qui a déclenché cette alarme?

— Lui-même.

— Vous avez donc arrêté le coupable.

— Hélas non; mon unique certitude est qu'il se trouve parmi les invités du comte.

La jeune femme pâlit; les verres teintés cachèrent un regard mouillé.

— Sommes-nous tous menacés?

— Scotland Yard prend l'affaire en main; non seulement personne n'a rien à craindre mais encore ce mystère sera élucidé. Pourquoi aviez-vous les cheveux mouillés, au milieu de la nuit?

— Je venais de prendre une douche.

— Éprouviez-vous des difficultés à dormir?

— Certes oui; après cet horrible dîner, je me suis douchée plusieurs fois pour me calmer les nerfs. En pure perte, je l'avoue. Quand j'ai entendu la sirène, je me suis précipitée dans le couloir.

— N'avez-vous rien repéré d'insolite?

— Le bruit, l'agitation, l'angoisse... et à présent, cette terrible nouvelle!

— Prenez un peu de repos : demain sera une rude journée.

***

— Assassiné? Le comte Brian?

— Lui-même, M. Barkway.

Le rouquin prit un air ironique.

— Vous vous moquez de moi, inspecteur.

— Je le souhaiterais. Dormez-vous toujours avec des chaussures cirées?

— C'est-à-dire... une vieille habitude prise à Oxford.

— Vous vous apprêtiez à sortir, jugea Higgins, ou bien à vous enfuir.

— Pas du tout ! Je vous répète que c'est une habitude universitaire ; à Oxford, un étudiant digne de ce nom ne sort pas dans un couloir en chaussons. Quand j'ai entendu cette sirène, je me suis immédiatement glissé dans mes chaussures afin de paraître dans une tenue décente.

— Nous en reparlerons.

— Ah mais non, parlons-en tout de suite ! Ce meurtre s'inscrit dans une logique ; fouillez bien et vous comprendrez que le véritable mobile est le vol. Entre collectionneurs, c'était fatal ; si vous avez besoin de mes conseils, n'hésitez pas.

— Nous en reparlerons, M. Barkway.

⁂

— C'est atroce, estima Lady Jane, mais il vaut peut-être mieux que Brian soit parti en pleine splendeur ; il n'aurait pas accepté le vieillissement. Encore quelques rides, une ou deux maladies et il aurait choisi le suicide. Vous comprendrez pourquoi je suis à la fois triste et soulagée.

— Le meurtre a été commis avec une violence incroyable, indiqua Higgins ; l'assassin devait haïr le comte. Auriez-vous quelques lueurs sur ce point ?

— Pourquoi moi ?

— A cause de votre regard lucide sur les êtres et les choses.

— Il est cependant incapable de percer les carapaces, inspecteur. Me retiendrez-vous ici longtemps ?

— Scotland Yard en décidera, Lady Jane.

***

— Meurtre ou pas meurtre, tonna Lord Tennyson, il y a quand même une justice ! Ce comte de Letchworth était un forban et, pour parler franc, je ne suis pas étonné par sa mort violente. A force de provoquer les uns et les autres, il a obtenu ce qu'il méritait. D'accord, avant de disparaître, il s'est montré correct, son cadeau est somptueux. Cette Bugatti, je me serais damné pour l'avoir ; mais notez bien que cela ne change rien à mon jugement global. Un être décadent comme celui-là était condamné au désastre.

— Gardez-vous toujours vos gants blancs pour dormir ?

— Presque toujours. Ça vous surprend, n'est-ce pas ?

— Je l'admets.

— Personne ne veut y croire ; pourtant, c'est ainsi. La nuit, je pilote en rêve ; je suis au volant de la plus rapide des Bugatti et je gagne la course devant une meute de poursuivants. La seule nuit où j'ai ôté mes gants, je l'ai perdue ; depuis, je prends mes précautions.

CHAPITRE XXIII

Le superintendant Marlow n'avait pas lésiné sur les moyens : dix policiers en tenue, un car laboratoire, trois experts et un médecin légiste. Arrivée à Letchworth dès huit heures du matin, l'armada du Yard se mit aussitôt à l'œuvre.

Ayant examiné le cadavre, le légiste conclut sans peine à un décès par multiples fractures du crâne; l'identité judiciaire prit quantité de photos avant que la dépouille du comte ne fût déposée dans la chapelle ardente aménagée à la hâte dans le salon d'honneur.

Higgins et Marlow entrèrent dans le musée.

— Vous avez l'air soucieux, Higgins.

— Il m'est rarement arrivé de converser avec un homme qui devait être assassiné quelques heures après notre entretien; j'ai commis une grave erreur, mon cher Marlow, en ne croyant pas à un réel danger.

L'ex-inspecteur-chef exposa à son collègue les circonstances qui l'avaient conduit à Letchworth et lui fit un rapport complet sur les événements précédant la disparition tragique du comte.

— J'aurais agi comme vous, déclara le superintendant, perplexe. Les collectionneurs sont des êtres à part; cet aristocrate excentrique a joué avec leurs nerfs et déclenché contre lui une irrésistible volonté de détruire. Êtes-vous certain qu'aucun objet rare n'ait été volé?

— Pas encore; c'est pourquoi j'aimerais examiner avec vous cet endroit dans les moindres recoins.

Marlow sentit que l'ex-inspecteur-chef était profondément affecté par un drame qu'il n'avait pu empêcher; il le connaissait assez pour savoir qu'il ne jouirait plus d'aucun repos avant d'avoir identifié l'assassin.

Les deux policiers scrutèrent plancher, murs, plafond, objets; l'un et l'autre s'attachèrent à faire parler le lieu du crime. Scott Marlow fut le premier à déceler une anomalie : sur le front d'un bouddha en or, des traces rouges et ocre.

— Cette statue est-elle abîmée?

— Non, superintendant; on l'a maculée avec du rouge à lèvres et du fond de teint.

— Du maquillage... donc, une femme.

Higgins demeura silencieux mais prit des notes sur son carnet noir.

La seconde trouvaille revint à l'ex-inspecteur-chef; dans la boîte à lunettes de Kathlyn Amwell, il découvrit une paire de gants blancs roulés en boule. En les dépliant, il constata qu'ils étaient semblables en tout point à ceux portés par Tennyson Buzzard.

— Nous ne manquons pas d'indices, se réjouit Marlow, même si rien n'a été volé.

Higgins l'entraîna vers le recoin où il avait perçu l'odeur de tabac.

— Vous pouvez y ajouter ces quelques brins malodorants.

— De fait, ils empestent!

— Une espèce orientale.

Au terme d'une longue et patiente inspection, Higgins dut accepter une certitude : aucune pièce des collections ne manquait.

Scott Marlow était optimiste.

— Nous disposons de l'arme du crime et d'éléments concrets qui trahiront forcément l'assassin ; un individu peu expérimenté, à mon sens.

— Nous disposons aussi des armes utilisées lors des deux premières tentatives d'assassinat : une épingle et un foulard ; les voici.

— Abondance de biens ne nuit pas ; vous verrez, ce laboratoire est une petite merveille. Pour établir d'utiles comparaisons, nous devrions solliciter certains de vos témoins.

***

— Mon tabac ? s'étonna Emmett Barkway. Seriez-vous fumeur, inspecteur ?

— Simple vérification à effectuer, répondit Higgins.

— Je refuse. Le tabac est propriété privée et affaire personnelle ; il ne se prête pas davantage qu'un parfum.

Scott Marlow haussa le ton.

— Nous enquêtons sur un meurtre et vous pourriez bien être impliqué de manière directe dans cette affaire.

Très détendu, le rouquin arrondit les lèvres et produisit un superbe rond de fumée qui prit la direction du visage du superintendant ; ce dernier, irrité, l'écarta d'un revers de main.

— A cause de mon tabac ? Très drôle.

— Je ne plaisante pas, M. Barkway : ou vous me

confiez votre paquet de tabac, ou je vous arrête pour entrave à la bonne marche de l'enquête.

Le spécialiste des terres cuites, surpris par la violence de l'attaque, laissa tomber sa cigarette.

— Dans ces conditions et puisque je suis victime de violences policières...

Lorsqu'il tendit le paquet entamé au superintendant, ce dernier afficha sa satisfaction. L'abominable odeur était tout à fait semblable à celle humée sur le lieu du meurtre.

***

— Mon rouge à lèvres et mon fond de teint ? Vous divaguez, inspecteur ! Auriez-vous perdu tout sens de la pudeur et de la plus élémentaire courtoisie ?

Lady Jane était folle de rage. Marlow, impressionné, abandonna le terrain à Higgins.

— Notre demande peut vous paraître choquante, admit-il, mais nous devons procéder à l'étude d'un indice matériel d'une importance considérable.

— Mon maquillage serait-il l'arme du crime ?

— Vous a-t-on volé des produits de beauté ?

L'ire de l'aristocrate s'apaisa.

— Non... mais j'ai abandonné une ou deux fois mon sac à main dans l'entrée ou dans le salon d'honneur ; personne n'a jamais osé s'en approcher !

— Le monde change, Lady Jane ; même le sac à main d'une grande dame n'est plus inviolable.

— Vous croyez que quelqu'un...

— J'en ai peur.

— En ce cas...

Jane Berwick, choquée et désabusée, remit du bout des doigts à l'ex-inspecteur-chef un tube de rouge à lèvres et un petit pot contenant du fond de teint.

***

— Encore cette histoire de gants ! Allez-vous m'importuner longtemps avec ça ?

— Aussi longtemps que l'assassin ne sera pas découvert, répondit Higgins à Lord Tennyson. Je répète donc ma question : de combien de paires de gants disposez-vous ?

— Quatre ou cinq, je ne sais plus.

— Soyez plus précis.

— Impossible... je n'ai pas l'habitude de compter ces broutilles.

— Si l'on vous volait des gants, vous en apercevriez-vous ?

— Je n'en sais rien... probablement pas.

Scott Marlow s'engagea sur un chemin plus direct.

— Pendant la nuit du crime, êtes-vous entré dans le musée pour tenter d'y dérober des pièces de collection ?

Tennyson Buzzard palpa ses favoris et défia le superintendant.

— Je ne m'intéresse qu'aux Bugatti ; tenez-vous-le pour dit.

***

— Nettoyez-vous souvent vos lunettes de collection, Mlle Amwell ?

— Une fois par semaine, inspécteur. Bien qu'elles soient rangées avec soin, la poussière parvient à pénétrer dans les boîtes.

— De quelle manière opérez-vous ? demanda Higgins.

— Je mets des gants et j'utilise une peau de chamois très fine ; la plupart du temps, je les laisse à l'intérieur de la boîte dont je viens de m'occuper.

Higgins consulta ses notes. Lorsqu'il avait examiné la collection de lunettes pour la première fois, aucune trace de gants ou de peau de chamois n'avait été décelée.

— Utilisez-vous des gants blancs ?

— Peu importe la couleur, mais ils doivent être très fins ; il y en a d'ailleurs une paire dans la boîte que j'ai apportée.

Une ride creusa le front de la jeune femme.

— Serait-il arrivé quelque chose à mes lunettes ?

— Non, rassurez-vous.

*
**

Chacun des suspects avait été prié de demeurer dans sa chambre, sous la garde d'un policier en uniforme ; Marlow, avec une puissance de conviction héritée de nombreuses années passées au service du Yard, s'était acquis la collaboration, au moins passive, de ceux qu'il appelait encore « témoins ».

Seule Despina conservait encore une relative liberté de mouvements afin de préparer les repas ; un *bobby* était néanmoins attaché à ses pas et ne la quittait pas des yeux.

— Les hommes du labo travaillent d'arrache-pied, dit le superintendant à Higgins ; la vérité ne tardera pas à éclater.

CHAPITRE XXIV

Scott Marlow transmit sans tarder les résultats des expertises à Higgins.

— L'épingle porte des taches de sang, et ce sang est bien celui du comte; seules empreintes : celles de Lady Jane que j'ai eu le plus grand mal à faire coopérer pour que la vérification soit complète. Sur le foulard jaune, les empreintes de Lord Tennyson. Le rouge à lèvres et le fond de teint maculant le bouddha sont bien ceux de Lady Jane. Le tabac est celui d'Emmett Barkway. Les gants blancs appartiennent à Lord Tennyson. Par saint Georges, Higgins, quelle accumulation d'indices!

L'ex-inspecteur-chef montra à son collègue la double page du carnet noir où il venait d'inscrire ses conclusions : « Épingle accuse Despina-Épingle, produits de maquillage accusent Lady Jane-Foulard jaune, gants accusent Lord Tennyson-Tabac accuse Emmett Barkway-Boîte à lunettes met en cause Kathlyn Amwell. »

Marlow lut et relut ces indiscutables conclusions.

— Lady Jane et Lord Tennyson arrivent en tête, mais les indices sont d'inégale valeur; produits de maquillage et foulard jaune les impliquent directement... Despina et Barkway ne sont pas moins suspects : les preuves matérielles parlent contre eux. Kathlyn Amwell semble un peu en retrait mais elle a le profil d'une parfaite complice. Quant au couple Kintbury, il brille par son absence.

— Faut-il pour autant les relâcher?

— Certainement pas, Higgins! Souvenez-vous de ces affaires où les coupables s'ingénient à répandre quantité d'indices contre les innocents... à dire vrai, je songe à une stratégie bien particulière.

— Laquelle, superintendant?

— Un complot contre le comte; je suis presque persuadé qu'ils ont tous participé au meurtre d'une manière ou d'une autre. Avec ses passages secrets, ses couloirs invisibles, ses portes dérobées, cette maison se prêtait admirablement à une machination de grande ampleur; tous détestaient Letchworth, tous avaient un mobile. Ils ont uni leurs forces et ne lui ont laissé aucune chance.

— Despina comprise?

— Probablement; ils auront acheté sa conscience et son silence.

— En ce cas, pourquoi deux tentatives ratées?

Scott Marlow bougonna; ce point de détail le gênait.

— Je vois où vous voulez en venir, Higgins... vous supposez que tout est truqué, que les indices sont destinés à nous égarer et qu'un génie du mal nous manipule à sa guise!

— Pour être franc, je suis un peu perdu; l'âge, peut-être.

— Allons, allons! Vous n'avez jamais été aussi vert.

— Un homme est mort à cause de ma négligence et

l'assassin a recouvert son crime d'un voile épais; le soulever sera difficile, mon cher Marlow, très difficile; contrairement aux apparences, nous manquons d'informations.

Un policier en uniforme interrompit l'entretien.

— Conformément à vos instructions, superintendant, les chauffeurs de Lord Tennyson ont été raccompagnés dans leurs foyers avec interdiction de les quitter jusqu'à la conclusion de l'enquête; vérification sera faite de leurs antécédents.

Higgins approuvait la rigueur de Marlow; mais il savait qu'aucune lueur ne viendrait de ce côté-là.

— L'un de nos hommes a découvert quelque chose de curieux dans le parc; désirez-vous voir par vous-même?

Ni Higgins ni Marlow ne se firent prier davantage.

Au pied du balcon marquant l'emplacement de la chambre du comte Brian, la boue avait conservé des traces de pas; un rapide examen fit apparaître une évidence.

— Regardez, Higgins : le pied droit est enfoncé plus profondément dans le sol que le gauche. L'individu qui s'est déplacé dans ces parages est affligé d'une claudication; d'après la netteté des traces, elles datent de la nuit dernière. Nous ne devrions pas avoir grand peine à découvrir le nom de cet étrange promeneur.

— En effet, reconnut Higgins.

*
**

Lord Tennyson ne manifesta aucune émotion.

— Lorsque ce maudit Brian a foncé sur moi pour me tuer, j'ai eu quantité d'os brisés; le chirurgien a été obligé de me raboter un peu la jambe gauche et cette boiterie m'empêche à jamais de disputer des compétitions. Tout le monde le sait.

— Il sera facile de prouver que ces traces de pas sont bien les vôtres, indiqua Marlow, sévère. Vous feriez mieux d'avouer que, la nuit du crime, vous êtes sorti de votre chambre.

— C'est tout à fait exact, superintendant. Comme je ne parvenais pas à dormir, j'ai exploré ma chambre et découvert un escalier dérobé qui conduisait tout droit dans le parc ; je me suis promené sous la pluie avant de regagner mes pénates.

— Si vous avez utilisé ce passage secret, vous devez en connaître d'autres ; voulez-vous que j'émette une hypothèse, Lord Tennyson ?

— Elle m'amusera certainement, superintendant.

— Vous avez réussi à vous introduire dans la chambre du comte de Letchworth afin de l'assassiner et avez transporté son cadavre dans le musée.

— S'il en était ainsi, je vous le dirai : je ne cache jamais rien.

— Difficile de vous croire.

— Facile, au contraire : mensonge et dissimulation me sont complètement étrangers.

— L'art des grands criminels, souligna Higgins d'une voix douce, consiste parfois à commettre leur forfait en pleine lumière pour mieux aveugler les témoins.

***

— Trois indices contre Tennyson, rappela Scott Marlow.

— Peut-être, répondit Higgins, morose ; mais tout cela est si dispersé, si confus.

— Croyez-vous à une stratégie conduite par les Kintbury? Ou bien à une alliance de caste entre Lady Jane et Lord Tennyson? Ou bien encore à une complicité entre Kathlyn Amwell et Emmett Barkway? A moins que Despina n'ait manipulé des pantins...

— Vous voyez, mon cher Marlow, notre esprit s'égare dans dix directions : voilà le piège dans lequel je suis tombé.

— Comment en sortir, Higgins?

— En adoptant un nouveau champ de vision; l'assassin — ou les assassins — nous ont fourni beaucoup de preuves apparentes afin de nous empêcher de poser certaines questions. Une sorte d'anesthésie, mon cher Marlow; le moment est venu de nous réveiller.

CHAPITRE XXV

Higgins médita longuement dans le musée silencieux et obscur où un crime abominable avait été commis. Avec un peu de recul, le comte lui apparaissait comme un personnage digne d'intérêt, dandy par désespoir et beaucoup plus naïf qu'il ne le croyait lui-même. En l'acceptant comme invité de dernière heure, Brian de Letchworth lui avait adressé une supplique qu'il n'avait pas comprise; il pensait s'adjoindre un allié de première force, capable d'éviter le pire.

Higgins devait identifier l'assassin afin que l'âme du comte, apaisée, reposât en paix.

Ces objets de collection, tant convoités, détenaient-ils la clé du mystère? L'ex-inspecteur-chef les réexamina à nouveau, terminant par la canne Cromwell. Sa position insolite l'avait frappé dès son arrivée sur les lieux du crime mais il s'était détourné de ce fait apparemment mineur; la prenant en main, il tenta de faire jouer le mécanisme et s'aperçut qu'il était bloqué. Pour avoir étudié ce type d'arme dans le manuel de M.B. Masters et dans l'une des salles du musée de Scotland Yard, l'ex-inspecteur-chef en connaissait bien les mécanismes; il trouva aisément le poussoir dissimulé dans une sculpture latérale qui, dégagé, permit de nouveau à la tête de fonctionner et de faire jaillir la lame.

Certes, les nuées obscures ne se déchiraient pas encore; mais, dans la forêt ténébreuse, Higgins aperçut la naissance d'un sentier.

***

Watson B. Petticott, l'une des têtes pensantes de la Banque d'Angleterre, appartenait au clan très restreint des amis indéfectibles d'Higgins; lui, qui jonglait avec d'énormes sommes d'argent, ne rêvait que d'assassinats et d'enquêtes policières. Dès que l'ex-inspecteur-chef faisait appel à lui, il quittait conseil d'administration ou réunion au sommet pour prêter main forte à l'homme qu'il considérait comme le successeur de Sherlock Holmes.

— Encore un cadavre, Higgins! De qui s'agit-il?

— Le comte Brian de Letchworth.

— Excentrique, mais grande fortune.

— John Kintbury... connais-tu ce banquier?

— Rappelle-moi dans un quart d'heure.

Ainsi fut fait.

— Drôle de bonhomme, révéla Watson B. Petticott; une carrière très ordinaire, un poste de bonne taille mais une exécrable réputation. L'homme est à la fois peureux et impitoyable; il a été accusé de malversation et s'en est fort bien tiré; d'aucuns prétendent qu'il dépense tout son argent pour un vice caché.

— Je le connais : une collection de chaussons de danse.

— Ses emprunts à sa propre banque et à des collègues peu scrupuleux sont considérables; marié, après cinq ans de fiançailles avec une petite employée, on murmurait aussi que cette dernière se montrait fort dépensière.

— Un vice comparable, indiqua Higgins; était-elle employée de banque?

— Je l'ignore; tu me fournis une maigre pâture, j'ai l'impression.

— Ce n'est peut-être qu'une apparence.

— A bientôt pour dîner : et tu me raconteras tout.

*
**

Sans vouloir être indiscret, Higgins, avant même de frapper à la porte de la chambre des Kintbury, entendit les échos d'une violente dispute. Il frappa, ne reçut aucune réponse, entra.

John Kintbury, le visage très rouge, la joue droite griffée, tenait son épouse par les poignets; elle cessa de se débattre et de hurler en apercevant l'ex-inspecteur-chef.

— Simple querelle d'amoureux, expliqua le banquier, gêné.

— Non! cria-t-elle; ce type est un déchet!

— Tais-toi.

— Eh bien, frappe-moi encore, espèce de lâche!

L'attitude très digne de Higgins apporta l'apaisement; les Kintbury s'écartèrent l'un de l'autre.

— Vous vous trouvez dans une situation financière préoccupante, M. Kintbury, avança l'ex-inspecteur-chef.

— Il nous a complètement ruinés, déclara Margaret. J'ai attendu cinq ans pour l'épouser, je croyais faire l'affaire du siècle et me voilà avec un minable, empêtré dans ses chaussons de danse, qu'il croit inestimables... tout ça pour vaincre un comte milliardaire sur le terrain des enchères!

John Kintbury s'effondra dans un fauteuil, en nage; son épouse s'essuya les ailes du nez avec un mouchoir.

— Conseillère conjugale... métier passionnant. Où avez-vous fait vos études, Mme Kintbury?

La voix devint plus aigrelette.

— Cette profession s'apprend sur le tas, pas dans les livres.

— Auparavant, avez-vous exercé une autre activité?

— Non...

John Kintbury redressa la tête.

— Elle ment.

— Tais-toi!

— Pas cette fois; creusez un peu, inspecteur! Le résultat devrait vous intéresser.

— J'étais employée dans la banque de mon mari, c'est là qu'il ma remarquée...

— Faux, objecta John Kintbury avec un rictus de satisfaction. Dis la vérité, pour une fois.

Elle se rua sur lui; il la gifla. Désemparée, elle éclata en sanglots.

— Larmes de crocodile, estima le banquier; ma tendre épouse est insensible à la douleur.

Higgins attendit patiemment que la conseillère conjugale eût recouvré son calme.

— Je vous écoute, Mme Kintbury.

— Mon passé ne concerne en rien votre enquête.

— Laissez-m'en seul juge.

— Eh bien... J'ai travaillé comme aide-soignante chez un médecin.

— Son nom?

— J'ai oublié.

— Le Dr Sunford, précisa John Kintbury.

— Spécialiste ? interrogea Higgins.

— Non... je ne crois pas.

— Mais si, intervint le banquier; souviens-toi ma chérie : il t'appréciait beaucoup et t'avait montré ses petits secrets de métier.

— Je n'aurai aucune peine à me renseigner, Mme Kintbury.

La conseillère conjugale céda.

— Il était... oto-rhino-laryngologiste.

CHAPITRE XXVI

Pendant que Scott Marlow vérifiait — avec succès — le bien-fondé de la confession de Margaret Kintbury, Higgins se rendit à la cuisine pour s'entretenir avec Despina. La domestique, appelée par Lady Jane qui exigeait un thé au lait et des scones, était absente. L'ex-inspecteur-chef en profita pour explorer ce domaine privé, entretenu avec le plus grand soin.

En Orient, Higgins avait appris à se déplacer sans bruit et à fouiller une pièce dans ses moindres recoins sans laisser trace de son passage ; il ouvrit les placards, souleva les casseroles et les plats, scruta la huche à pain et le four. C'est au fond de ce dernier qu'il fit une étrange découverte : un sac rempli de pièces d'argent datant de la colonisation de l'Inde.

La seconde trouvaille fut plus modeste mais non moins énigmatique : derrière une bouilloire était rangée l'écuelle d'un animal, probablement un gros chien. Son nom était gravé sur le rebord : Nelson.

***

— Inspecteur ! Vous ici... me cherchiez-vous ?

Higgins était assis à la grande table de cuisine et consultait ses notes.

— En effet, mademoiselle.

— Désirez-vous une tasse de thé?

— J'aimerais mieux évoquer une indiscrétion.

L'ex-inspecteur-chef portait en lui un lourd secret : il était le seul Anglais à détester le thé. Jusqu'à présent personne ne s'en était aperçu.

— Indiscrétion?

— Est-ce bien vous qui avez confié à John Kintbury que la première tentative de meurtre avait été perpétrée avec une épingle?

Despina rougit.

— Confié, non... mais le détail m'a échappé; j'ai parfois la langue trop bien pendue.

Higgins, pensif, se leva.

— Le comte aimait-il les animaux?

La servante, très gênée, hésita à répondre.

— Autrefois, oui... il avait un chien. Mais il est mort depuis longtemps.

— Dans cette ambiance si particulière, n'avez-vous jamais songé à devenir collectionneuse?

Elle sourit.

— Moi? Oh non... je ne suis pas assez instruite.

⁂

Higgins se décida; ce délicat appel téléphonique était indispensable même s'il devait en subir les conséquences non négligeables.

— Allô! Mais c'est ce vieux forban d'Higgins... encore besoin du colonel Mac Crombie! Ça ne m'étonne pas.

Sir Arthur Mac Crombie, colonel en retraite, était la mémoire vivante de la Seconde Guerre mondiale et de celles qui l'avaient précédée; lorsque sa fabuleuse mémoire défaillait, il avait recours à des fichiers et à des réseaux d'informateurs dont célérité et compétence n'étaient plus à vanter. Higgins, bien qu'il fût un civil, bénéficiait de son amitié; Mac Crombie ne désespérait d'ailleurs pas de l'engager dans un corps d'élite de réservistes.

— Qu'y a-t-il pour ton service, vieux gredin?

— Je vais te décrire des paires de lunettes anciennes ; sur leurs branches, il y a des numéros et des lettres qui me semblent d'origine militaire.

— Je t'écoute.

Le colonel Mac Crombie prit note; une demi-heure plus tard, il rappela Higgins.

— Tâche de trouver plus difficile, la prochaine fois ! Ta collection de lunettes est parfaitement homogène : elles ont toutes été portées par des officiers supérieurs de l'armée des Indes, à l'époque où l'Angleterre régnait sur l'univers. De braves garçons qui ont été dignes de notre drapeau et méritaient bien leurs décorations, même si la plupart les ont reçues à titre posthume.

— Capitaine Mac Quincy... ce nom t'est-il familier?

— Bien sûr, répondit le colonel; une véritable tête brûlée qui se lançait dans les combats les plus insensés et fut tué dans une embuscade.

— Tu m'as beaucoup aidé, une fois encore.

— Tu connais ma récompense : dès que ta maudite enquête est terminée, tu viens dîner. Je te promets un menu fabuleux : corned-beef 1917, jambon d'Écosse à la confiture de groseilles et pudding des tranchées.

Même avec un flacon de teinture mère de *Chelidonium majus*, Higgins n'était pas certain que sa vésicule biliaire survivrait à un pareil traitement.

***

— Ce ne sera pas facile à obtenir, mon cher Marlow, mais un rapport complet sur les activités du comte de Letchworth en Inde et ses rapports exacts avec la famille Amwell est indispensable.

Le superintendant fronça les sourcils.

— Vous soupçonnez la victime?

— Certains cadavres sont parfois très coupables.

— Dans quelle catégorie rangez-vous celui-là?

— Pouvez-vous agir vite, superintendant?

— Scotland Yard ne recule pas devant la difficulté.

***

Le pilote, casqué et ganté, défia Higgins.

— Alors, inspecteur, on vient arrêter l'assassin? La police a toujours besoin d'un bouc émissaire. Mais moi, je serai un gros morceau à avaler.

— Nous n'en sommes pas au stade de la digestion, Lord Tennyson; cette affaire est beaucoup plus mystérieuse qu'il n'y paraît.

— Ne croiriez-vous pas à une vengeance de collectionneur?

Higgins consulta son carnet noir.

— D'après vos déclarations, le comte Brian a tenté de vous tuer.

— Je le confirme; briser ma carrière constituait son unique objectif.

— Soyez précis, Lord Tennyson : en se précipitant vers vous avec sa voiture, désirait-il vous anéantir ou vous blesser?

Le pilote se troubla.

— Comment faire la différence? Lors d'un accident... non, ce n'était pas un accident.

— Vous semblez moins sûr de vous.

— Vous m'importunez, à la fin! Avec toutes vos accusations, n'importe qui y perdrait son latin.

— Vous me cachez quelque chose, Lord Tennyson.

— Tennyson Buzzard est aussi transparent que le cristal de roche.

CHAPITRE XXVII

Peu avant le dîner, un grave incident obligea deux policiers en faction à intervenir : John Kintbury agressa Emmett Barkway en l'accusant d'avoir tenté de déshonorer son épouse. L'érudit rétorqua qu'il ne s'intéressait guère aux dames défraîchies, et moins encore aux mégères qui se croyaient séduisantes; malgré la présence rapprochée des représentants du Yard, le poing du banquier partit comme l'éclair et déchira l'arcade sourcilière gauche du spécialiste des terres cuites.

Pendant que les policiers maîtrisaient John Kintbury et le ramenaient dans sa chambre où Margaret l'accueillit avec une crise de nerfs, Emmett Barkway exigea de s'entretenir avec Higgins; ce dernier le reçut dans le bureau de feu le comte de Letchworth.

— Ça ne peut plus durer, inspecteur; nos nerfs sont à vif. Regardez ce malheureux Kintbury : il prend ses rêves pour la réalité et devient fou furieux.

— Ne bougez pas; votre blessure n'est pas grave mais il faut quand même la soigner. Je tamponne avec du coton, je badigeonne avec du calendula et vous gardez une compresse jusqu'à ce soir.

— Si vous n'étiez pas ce que vous êtes, je vous

prendrais pour le bon Samaritain ; traitez-vous souvent vos suspects avec autant de déférence ?

— Si vous êtes coupable, je le prouverai.

Son travail d'infirmier achevé, Higgins s'écarta et contempla la victime du banquier.

— Il ne restera qu'une petite cicatrice, M. Barkway ; vous avez eu davantage de chance que le comte.

— Pardon ? Vous insinuez que John Kintbury...

— Vous désiriez me voir ?

Le rouquin alluma une cigarette ; ses lèvres s'arrondirent mais, trop crispées, ne formèrent qu'un misérable petit rond de fumée vite disloqué.

— J'ai beaucoup réfléchi, inspecteur ; à présent, je suis persuadé que vous vous trompez de victime.

— Le comte de Letchworth est bien mort, me semble-t-il.

— Une erreur de parcours... le criminel, c'est lui. Me ridiculiser devant la fine fleur des hellénistes est un crime plus grave.

— Oui, répondit Higgins avec gravité.

Emmett Barkway s'étrangla en avalant la fumée.

— Soyons sérieux, recommanda Higgins. Qui voulez-vous dénoncer ?

L'érudit se cala dans son fauteuil et pencha la tête en arrière. Sur un ton doctoral, il pérora.

— Vous avez essayé d'analyser la situation mais vous piétinez à cause d'un manque d'esprit scientifique ; moi, sans quitter ma chambre, j'ai démonté le mécanisme de cette histoire. Le comte a passé sa vie à tendre des pièges afin de ridiculiser les gens ; d'ordinaire, il s'attaquait à une seule personne à la fois. Le couronnement, c'était ce traquenard collectif où de très grands collectionneurs seraient bafoués de la manière la plus abjecte.

— Pourriez-vous être plus précis?

Emmett Barkway considéra Higgins avec ironie.

— Vous feriez bien de me payer des honoraires, inspecteur. La solution est évidente mais vous êtes aveugle.

— Soyez mes yeux.

— Quel avantage en tirerai-je?

— L'exactitude scientifique, M. Barkway.

— C'est parfois un peu mince... après mes révélations, me laisserez-vous partir?

— Par principe, je refuse le chantage; j'ai même tendance à considérer les maîtres chanteurs comme une race particulièrement vile de criminels.

L'érudit écrasa sa cigarette sur le plancher.

— Bien... cette fermeté me convient. N'avez-vous vraiment pas deviné, inspecteur?

— Douteriez-vous de ma sincérité?

— Ce sont les plus humiliés d'entre nous qui ont supprimé le comte, avec un mobile que les collectionneurs du monde entier comprendront : les merveilles offertes par Brian de Letchworth sont des faux.

***

— Vrais, déclara le chef d'équipe du laboratoire volant. Inutile de pousser très loin les expertises : de la Bugatti à la paire de lunettes, c'est de l'authentique. Votre informateur a menti ou s'est trompé.

Scott Marlow fulmina.

— J'ai bien envie d'envoyer ce gaillard en prison : faux témoignage, injure caractérisée à Scotland Yard, volonté d'égarer les enquêteurs...

— La plupart des gens d'Oxford sont un peu mythomanes, déplora Higgins. Comme le remarquait

M. Barkway lui-même, les hôtes de Letchworth deviennent nerveux.

⁂

Chacun dîna dans sa chambre ; Higgins et Marlow furent servis à la cuisine par une Despina silencieuse et inquiète. Plus les heures passaient, plus l'atmosphère s'alourdissait. Alors que les deux policiers se régalaient d'une tarte aux poires nimbée de chocolat chaud, une voiture du Yard stoppa devant le perron. Le chauffeur en descendit et ouvrit la portière arrière à un vieil homme.

Ce dernier gravit les marches avec peine en s'aidant d'une canne ; grand et maigre, le front haut, la moustache élégante, il suivit un *bobby* qui le mena jusqu'au superintendant.

— Je m'appelle Hopkins et j'étais en poste à Dàlapituram au moment du drame ; le Yard m'a prévenu. Vous cherchez des indications précises ; nul rapport administratif ne pourra vous les fournir mieux que moi. Je suis à votre disposition.

Marlow sembla un peu perdu. Higgins vola à son secours.

— Dàlapituram est un village de l'Inde du Sud, n'est-ce pas ?

— Cela va sans dire, maugréa le vieil homme ; auriez-vous un peu de tabac à priser ? J'ai oublié le mien à Londres.

— Un instant.

L'ex-inspecteur-chef sollicita une nouvelle fois Emmett Barkway qui, en dépit de quelques réticences, consentit à lui donner un peu de tabac.

Le vieil homme l'écrasa sur le dos de la main droite

et, d'une profonde aspiration, fit disparaître le tabac dans ses narines.

— Arôme un peu faible, jugea-t-il, mais consommable. Que voulez-vous savoir exactement?

— Avez-vous bien connu la famille Amwell?

— Un couple uni, un peu froid; ils avaient une petite fille, un singe et un chat écossais; des gens sans histoire, excellents citoyens britanniques, tout à fait respectueux des lois. M. Amwell était ingénieur agricole, sa femme s'occupait de leur modeste domaine. Bref, une existence tranquille jusqu'au jour où est arrivé une personne excentrique et dangereuse, le comte Brian de Letchworth.

— Dangereuse? s'étonna le superintendant.

— C'est bien le mot, confirma le vieil homme. L'Inde est le monde de la tradition, l'Angleterre, celui de la coutume; le comte ne respectait ni l'une ni l'autre, cet insensé voulait modifier la politique agricole et introduire le progrès. Il s'est rapidement heurté aux Amwell qui ont tenté de lui faire comprendre que sa présence était indésirable.

— Ils n'étaient donc pas amis? demanda Higgins.

— Certainement pas, mais ils se voyaient souvent et discutaient des heures durant; c'est peut-être cela l'amitié. En ce qui me concerne, je n'avais d'autres amis que les documents administratifs; avec eux, on n'est jamais déçu.

— Avez-vous eu vent de graves querelles?

— Non, mais les indigènes, eux, savaient.

Le vieil homme émit un bruit incongru avec ses narines, rassasiées de tabac.

— Que savaient-ils? interrogea Marlow, impatient.

— Que le comte avait le mauvais œil.

CHAPITRE XXVIII

Le superintendant contint son mécontentement ; au lieu d'un rapport en bonne et due forme et de faits concrets, on tombait dans la superstition et la basse magie. Higgins, en revanche, remplissait la page du carnet consacré au comte de Letchworth.

— Mauvais œil, répéta-t-il, intrigué ; c'est une accusation très grave. Sur quoi était-elle étayée ?

— Une preuve indiscutable, répondit le vieil homme. Un matin, le comte parvint à caresser le chat écossais, pourtant farouche, et joua quelques instants avec le singe ; le lendemain, l'un et l'autre étaient raides morts. Ils leur avait jeté un maléfice. Et s'il n'y avait eu que ça... vous n'auriez pas quelque chose à boire ? De l'alcool de riz, par exemple.

Marlow ne dénicha pas ce type de produit et se vit opposer un refus très net quand il proposa du brandy et du whisky, « alcools doux et peu désinfectants », selon l'expression de son hôte. Par bonheur, une bouteille sans étiquette contenait un liquide blanc dont l'arôme se rapprochait de l'alcool à brûler ; sans doute une fabrication locale que le vieil homme dégusta avec satisfaction.

— Voilà qui chauffe l'estomac et détruit les microbes.

— Vous évoquiez d'autres événements, rappela Higgins.

— Est-il besoin d'en parler ? Tout le monde le sait. Ce fut tellement affreux. Il est inutile d'évoquer ces mauvais souvenirs.

L'ex-inspecteur-chef sentit que le vieil homme commençait à se braquer ; son univers se restreignait à son existence indienne, à des souvenirs merveilleux et troublants, à des journées exaltantes et mornes. Qui ne connaissait pas Dàlapituram ne méritait pas de vivre.

— Ce village était pourtant fort calme, indiqua l'ex-inspecteur-chef. Le matin, quand les femmes en sari allaient puiser l'eau, une paix très douce régnait dans les cœurs ; les premiers mots de la prière de l'aube prononcés, le soleil pouvait se lever.

Le regard du vieil homme s'illumina.

— Vous... vous connaissez Dàlapituram ?

— J'y suis passé ; vous avez eu la chance d'y résider.

— Jusqu'à ce matin tragique où l'on a retrouvé morts M. et Mme Amwell. La veille, le comte de Letchworth avait dîné avec eux ; le matin, il fut le premier sur les lieux.

Scott Marlow buvait les paroles du vieil homme.

— Le mauvais œil, répéta-t-il, très sombre. Pour les villageois, il était venu achever ses victimes.

— A-t-on mené une enquête ? demanda le superintendant.

— Au village, la police, c'était moi ; la seule enquête consista à constater le décès.

— Pas d'autopsie ?

Le vieil homme devint cassant.

— Les Amwell s'étaient convertis à la religion

locale; sinon, aucun travail possible sur place. Conformément à la tradition, on a brûlé leurs corps.

— Le comte assista-t-il à ce triste spectacle? interrogea Higgins.

— Non, il avait quitté Dàlapituram peu auparavant en emmenant la petite Kathlyn, âgée d'une quinzaine d'années.

— Et personne ne l'en a empêché! s'indigna Scott Marlow.

— Quiconque est hanté par le mauvais œil est détruit par lui; le comte a dû mourir dans d'atroces souffrances.

— Tout désigne Kathlyn Amwell, estima le superintendant. A présent, la situation est claire : elle a su que le comte était l'assassin de ses parents et a mûri sa vengeance.

Le vieil homme éclata de rire, glaçant le sang de Marlow et de Higgins.

— Complètement stupide, jugea-t-il; vous n'avez rien compris! Un être qui possède le mauvais œil est invulnérable; ce n'est pas un individu comme les autres. Il ne pense pas comme nous, ne ressent pas comme nous, n'agit pas comme nous; aucun humain ne peut le détruire.

— Mais... qui?

— Le démon : seul le démon peut ramener en lui celui qui est issu de lui. J'ignore la manière dont le comte a été tué, mais je suis persuadé que l'arme utilisée est de nature religieuse; un poignard ou une statue de Bouddha, par exemple.

Scott Marlow était abasourdi.

— Je ne suis pas voyant, indiqua le vieil homme; il s'agit d'une logique élémentaire connue de ceux qui ont vécu en Inde. D'une certaine manière, le comte s'est suicidé.

— Mais enfin! protesta le superintendant; il ne s'est pas fracassé le crâne tout seul... et à plusieurs reprises, qui plus est!

L'argument ne troubla pas le vieil homme qui vida un second verre rempli d'alcool frelaté.

— Lorsque vous aurez admis que le comte a déclenché contre lui les forces du mal qu'il avait trop souvent utilisées à son profit, vous détiendrez la clé du mystère.

— La statue de Bouddha n'a quand même pas volé dans les airs!

— Ce ne serait pas la première fois; parmi les phénomènes que vous qualifiez de surnaturels, celui-là est des plus ordinaires. Je pourrais vous en citer dix autres beaucoup plus surprenants.

— Quand êtes-vous rentré à Londres? demanda Higgins.

— Il y a deux ans.

— Le comte de Letchworth a-t-il tenté de vous contacter?

— Pas à ma connaissance.

— Face à face, l'auriez-vous accusé de meurtre?

— Sans l'ombre d'une hésitation. Devant la justice britannique, en revanche, je ne disposais d'aucune preuve; aujourd'hui, une autre justice a été rendue : celle des dieux et des démons. Croyez-moi, messieurs, ce n'est pas une affaire criminelle ordinaire; l'assassin n'appartient pas à vos catégories habituelles et vous n'avez aucune chance de le mettre derrière des barreaux. Avec la mort violente du comte, cette affreuse histoire s'achève. Je suis fatigué; pour moi, il est temps de rentrer dans le silence de la vieillesse.

Higgins raccompagna le vieil homme jusqu'à la voiture du Yard qui reprit le chemin de la capitale.

Lorsqu'il pénétra à nouveau dans la cuisine, l'ex-inspecteur-chef s'aperçut que le superintendant, troublé, s'était réconforté en goûtant à l'alcool local.

— Ce vieillard délire, estima-t-il.

— Je ne crois pas, mon cher Marlow.

— Prêteriez-vous un crédit total à cette théorie invraisemblable ?

— Une théorie passionnante, superintendant, tout à fait passionnante... mais combien dangereuse.

CHAPITRE XXIX

— J'aimerais parler de votre enfance, Mlle Amwell.

— Pourquoi pas, inspecteur ? A condition que vous m'accordiez une faveur.

— Laquelle ?

— Me permettre de faire votre portrait.

— Ma physionomie n'est guère remarquable.

— Détrompez-vous ; je la trouve très originale. C'est oui ?

Kathlyn Amwell, en dépit des lunettes aux verres fumés qui alourdissaient son visage, était une forte jolie femme au visage gracieux et aux gestes souples. Bien qu'elle négligeât un peu ses vêtements, sans doute en raison d'un manque de disponibilités financières, elle jouissait d'une élégance naturelle que n'affectait pas son éternel tailleur rose pâle.

— C'est oui.

— Merveilleux ! Mais pas ici. Cette chambre ne m'inspire pas. J'aimerais... le perron ?

— Et s'il pleut ?

— Nous aviserons ; en art, il faut savoir improviser.

Joyeuse, sautillante, Kathlyn entraîna l'ex-inspecteur-chef jusqu'au perron de la vaste demeure. Elle le pria de s'asseoir sur la plus haute marche et se plaça elle-même en contrebas.

— Position difficile, indiqua-t-elle en ouvrant son cahier à dessin, mais le modèle mérite bien une prouesse technique. Surtout ne bougez pas.

Higgins demeura donc de marbre, tel un chat attendant le passage de sa proie. Lors de ses promenades dans la forêt, il lui arrivait de rester ainsi immobile une heure durant afin de savourer le lent déplacement d'un nuage ou le bruissement des feuilles dans le vent.

— Vous avez vécu une véritable tragédie, à Dàlapituram.

— C'est un nom que je m'efforce d'oublier.

— Je vous comprends, mademoiselle, mais j'ai besoin de votre témoignage ; mon métier est parfois inhumain.

Kathlyn Amwell ôta ses lunettes, essuya une larme et les chaussa à nouveau.

— Dalàpituram... que peut-on dire sur une enfance heureuse, passée à côtoyer des éléphants et des singes, à jouer avec des dizaines d'amis, à oublier l'école et les brumes d'Europe ? Quand un rêve se brise, aucun mot ne peut le reconstituer. Paradis perdu... je connais le sens de ces mots-là.

— Comment avez-vous vécu le drame ?

— Comme un tourbillon où j'ai tout de suite perdu pied... ce matin-là, je me suis réveillée. Mes parents dormaient ; ils se levaient tôt d'ordinaire. Je les ai appelés, ils n'ont pas répondu ; je n'ai pas osé entrer dans leur chambre, j'ai pris peur, je suis sortie de la maison et j'ai hurlé : « Au secours ! » Tout le village était en émoi ; le comte, qui résidait près de chez nous, est intervenu très vite. Ma pensée s'était arrêtée, inspecteur ; j'étais incapable de réfléchir et même de réagir. Quand le comte est venu me chercher, je n'ai pas songé à lui demander une explication ; il m'a fait monter dans sa voiture. Et puis ce fut la route, l'avion, l'Angleterre, le couvent pour orphelines où il m'a emprisonnée.

— Venait-il souvent chez vos parents ?

— Très souvent.

— S'entendait-il bien avec eux ?

— Très bien. Mon père n'approuvait pas toujours ses visions modernistes mais il goûtait le débat d'idées.

— Avez-vous supposé un seul instant que... le comte ait pu assassiner vos parents ?

Le fusain de Kathlyn Amwell demeura suspendu en l'air.

— Au couvent, l'idée m'a traversé l'esprit, c'est vrai ; pendant quelques mois, j'en ai même conçu un vif désir de vengeance. Ce feu s'est éteint ; pour quelle raison aurait-il agi ainsi ? Le comte était un homme imprévisible mais profondément pacifique. Jamais je ne me consolerai de la mort de mes parents ; c'est la seule certitude que je possède.

La jeune femme se remit à l'œuvre.

— La réclusion fut pesante ; pourquoi le comte ne vous a-t-il pas gardée auprès de lui et élevée à Letchworth ?

— La mère supérieure me l'a expliqué. Le comte respectait une loi impérieuse : pas d'entrave. Se marier et avoir des enfants était synonyme d'emprisonnement ; moi, une étrangère, je représentais un poids insupportable. Cet égoïsme forcené, je le lui reproche. J'aurais eu besoin de la tendresse d'un foyer et d'une oreille attentive ; mon existence, jusqu'à ce jour, a été une sorte de calvaire. Les religieuses ont tout entrepris pour que je prononce mes vœux ; j'ai failli céder tant j'avais peur du monde extérieur. Deux éléments m'ont sauvée : la collection de lunettes anciennes que j'avais commencée lors de mon treizième anniversaire et que j'avais promis à mon père d'enrichir ; et puis le goût du dessin qui m'a donné une profession et le moyen d'assurer mon indépendance. A présent, je revis. Impossible d'oublier, certes, mais je veux connaître d'autres joies.

— D'autres morts mystérieuses s'étaient-elles produites au village ou dans les alentours ?

La portraitiste réfléchit.

— Oui, un an avant le décès de mes parents.

— Dans quelles circonstances ?

— Un jeune couple avait disparu lors d'une promenade en forêt ; on n'a retrouvé leurs corps déchiquetés que trois semaines plus tard. Un fauve, sans doute.

— Le comte était-il déjà arrivé à Dàlapituram ?

— Depuis un mois. Mais...

— Excusez-moi, mademoiselle ; je dois bouger un instant.

Higgins sortit son carnet noir et prit quelques notes. Quelques-uns des morceaux du puzzle s'assemblaient de manière étrange ; quoiqu'il fût encore trop tôt pour tirer des conclusions, certains chemins s'élargissaient. Avec précaution et mesure, l'ex-inspecteur-chef sortait du piège savamment tendu.

— Pouvez-vous reprendre la pose ?

— Bien entendu. Vous souveniez-vous vraiment bien du comte ? Quand vous l'avez revu, après tant d'années, était-ce le même homme ?

Kathlyn Amwell interrompit une nouvelle fois son travail.

— Il me semble... il avait vieilli, bien sûr, mais c'était lui. Encore un peu de patience, inspecteur, et j'aurai terminé.

Elle dessinait vite, avec beaucoup de précision dans le trait. Higgins se remémorait les événements survenus depuis son arrivée à Letchworth et commençait à envisager un assemblage très différent de celui vers lequel l'assassin tentait de l'orienter. Pour la première fois depuis le début de cette mystérieuse affaire, l'ex-inspecteur-chef se dégageait de la gangue où on l'avait enfermé avec une remarquable minutie.

— Vous voulez voir?

Higgins descendit les marches du perron.

— Remarquable, constata-t-il; mais suis-je vraiment si sévère?

— Je dessine ce que je vois.

— Vraiment remarquable, Mlle Amwell; vous aurez beaucoup de succès.

CHAPITRE XXX

Au domaine, la situation devenait intenable. Lady Jane avait commencé une grève de la faim ; Lord Tennyson démontait et remontait chaque pièce de la Bugatti royale qu'il avait poussée dans la grande cour à l'aide de trois *bobbies* ; Emmett Barkway partageait son temps entre le dépouillement des ouvrages d'érudition de la bibliothèque du comte et les plaintes pour séquestration adressées aux membres de la famille royale, au Premier ministre, aux professeurs d'Oxford et au grand patron de Scotland Yard ; entre deux disputes, les époux Kintbury vidaient la cave du comte et discutaient âprement de leur divorce ; Kathlyn Amwell faisait le portrait des policiers en faction et s'essayait à d'autres techniques. Le superintendant avait annoncé à deux reprises la conclusion imminente de l'enquête ; il savait qu'il ne pourrait plus les retenir longtemps. Avec leur départ, estimait Higgins, c'est la vérité qui nous échappera définitivement ; or l'ex-inspecteur-chef prenait à cœur cette affaire où sa responsabilité était engagée.

Vogue ta galère, ô mon beau renégat;
Tu pars, tu t'élances et t'ébats

Comme si cette nuit était l'aube du monde;
Sur tes pas, les rires éclatent à la ronde;
Car tu es l'éternel et je suis l'éphémère,
Car je suis l'humble fille et tu es le grand frère.

Le début du *Cantique au fiancé* d'Harriett J.B. Harrentlittlewoodrof décrivait à merveille les tourments intérieurs de la jeune fille en proie à sa première passion; Higgins n'avait pas le loisir de s'attarder davantage sur cette œuvre lyrique car le moment était venu d'entamer la filature.

Comme il l'avait prévu et annoncé au superintendant, Despina sortit de sa chambre au milieu de la nuit, passa par la cuisine, descendit au cellier et emprunta un escalier de pierre qui débouchait assez loin dans le parc, entre deux chênes. Les policiers la suivirent à bonne distance, Higgins en tête; la servante ne se retourna pas une seule fois. A plusieurs reprises, elle utilisa une lampe de poche afin de ne pas trébucher sur des racines.

Comme Higgins avait la chance de voir dans le noir, il n'avait pas besoin de cet auxiliaire; en se contentant de marcher sur les pas de son collègue, Marlow espérait que leur entreprise les conduirait enfin à un résultat définitif.

Despina sortit du domaine de Letchworth par une poterne et s'engagea sur un chemin de terre qui aboutissait à une fermette environnée de bosquets de buis. La servante frappa avec un heurtoir à une lourde porte de chêne; la lumière d'une bougie vacilla derrière une fenêtre.

Higgins et Marlow s'accroupirent derrière le bosquet le plus proche; ils entendirent les propos échangés.

— C'est moi, Despina.

— A cette heure-là?

— Je ne peux pas faire autrement, la police est au domaine.

La porte s'ouvrit; un paysan hirsute apparut sur le seuil.

— Tu as l'argent?

— Bien sûr.

— Heureusement que t'es venue... demain matin c'était le dernier délai. Et moi, je plaisante pas avec ces choses-là. Pas d'argent, couic!

Avec son index, il fit mine de trancher la gorge de la servante.

— Je sais. Entrons et réglons nos comptes.

La porte se referma. Scott Marlow sursauta.

— Et s'il mettait sa menace à exécution?

— Je ne crois pas qu'elle soit en danger.

— En tout cas, nous avons eu le nez creux.

Despina sortit de la fermette un quart d'heure plus tard.

— La suivons-nous?

— Non, superintendant, nous rendons visite.

Marlow frappa à la porte d'un poing décidé.

— Qu'est-ce que c'est?

— Scotland Yard; ouvrez immédiatement.

L'homme ne se fit pas prier davantage.

— Qu'est-ce qu'il y a?

— Un meurtre, indiqua Higgins.

Le paysan, dont la chemise de nuit était d'une propreté quelque peu douteuse, recula.

— Encore un?

La pièce principale de la fermette, dont le centre était occupé par une table en bois et des chaises grossières, servait d'entrepôt à quantité d'objets agricoles.

— Encore un, reprit Higgins, à qui faites-vous allusion ?

— Eh bien... on a déjà tué le comte, et maintenant, c'est au tour du suivant.

— Qui est menacé d'après vous ?

— J'en sais rien, moi ! Faut pas m'enquiquiner avec ça !

L'homme avait une tête de brute et s'exprimait à la manière d'une brute ; le dos calé contre une rangée de bêches, il avait visiblement l'intention de se défendre.

— Ne faites pas le moindre geste suspect, recommanda Marlow ; je serais contraint d'utiliser mon arme.

L'avertissement porta. Le paysan se recroquevilla dans un angle de la masure.

— Vous venez de recevoir Despina, la servante du comte ; que vous apportait-elle ?

— Ça ne vous regarde pas.

— Je crains que si.

— C'est mon dû.

— Montrez-le.

— Vous allez me le prendre.

— S'il vous appartient en toute légalité, non.

— Légalité, légalité... dans le coin, on sait pas trop ce que c'est.

— Ne continuez pas sur ce ton-là, recommanda Marlow.

La fermeté du superintendant impressionna le fermier.

— Bon... d'accord. J'accepte de vous montrer, mais c'est caché. Si vous vous tourniez...

— Il n'en est pas question. Dépêchez-vous, je m'impatiente.

L'homme marcha vers une pendule rustique,

s'accroupit et, de la main droite, agrippa une bourse en peau de chèvre glissée sous le meuble.

— Ça m'appartient. Légales ou pas, ce sont mes économies.

— Ouvrez cette bourse.

L'œil mauvais, le fermier en déposa le contenu sur la table.

Des pièces d'argent de collection : celles que Despina cachait dans sa cuisine.

— Que comptez-vous en faire? demanda Higgins.

— Les vendre au brocanteur; il m'en donnera une belle somme.

— Vous avez menacé Despina de mort, rappela Marlow.

L'homme ouvrit des yeux ébahis.

— Moi? Jamais de la vie!

— Ne nous prenez pas pour des imbéciles : vous avez même mimé son égorgement.

Le paysan ricana.

— L'égorger, elle? Sûrement pas! Mon pensionnaire, c'est une autre histoire! Si elle ne paye pas l'hébergement à l'heure dite, je me débarrasse de lui.

— Où est-il, ce pensionnaire?

— Par là.

L'homme les introduisit dans une cave au fond de laquelle se trouvait une niche pourvue de barreaux et de cadenas; au fond se terrait un magnifique labrador noir.

— Ouvrez, ordonna Higgins.

— Ce cabot est dangereux, protesta le paysan.

— Moins que vous.

Le regard courroucé d'Higgins anéantit toute tentative de discussion.

La porte de sa prison ouverte, le chien hésita à en sortir; il feula et montra les crocs.

— Attention, Higgins... il pourrait mordre.

L'ex-inspecteur-chef mit un genou à terre.

— Viens, Nelson ; tu es libre.

Le labrador bondit, sauta au visage d'Higgins et lui lécha les joues.

CHAPITRE XXXI

Effondrée, Despina pleurait.

— Je n'ai pas voulu cela, je vous le jure... je le payais grassement afin qu'il nourrisse Nelson et le promène la nuit, loin des regards. C'était la volonté du comte.

— Ce bourreau sera poursuivi pour torture infligée à un animal, précisa Higgins, pendant que le labrador, qui avait retrouvé son écuelle, se gavait de pâtes fraîches, de bœuf bouilli et de gâteaux secs.

— Quand le comte vous a-t-il donné l'ordre d'emmener son chien chez ce sinistre individu?

— Au moment où il a envoyé les cartons d'invitation; Nelson avait déjà été en pension dans cette fermette et tout s'était bien passé. C'est affreux, je ne comprends pas...

— Je vous crois, mademoiselle : vous l'avez trop bien payé. D'où proviennent ces pièces d'argent?

La servante sécha ses larmes.

— Ce sont... mes économies.

— Allons, intervint Scott Marlow, n'essayez pas de mentir.

— Ce sont vraiment mes économies... même si leur provenance est étonnante.

— Auriez-vous l'amabilité de nous l'indiquer? demanda Higgins avec douceur.

Despina rougit.

— Vous allez me prendre pour une traînée... j'aimerais mieux me taire.

— Vous savez bien que c'est impossible.

La servante ferma les yeux.

— Ces pièces d'argent sont des cadeaux du comte, avoua-t-elle dans un souffle.

***

Porteur d'un plateau sur lequel trônait une théière entourée de muffins, de scones et de toasts, Higgins frappa à la porte de la chambre de Lady Jane; cette dernière l'autorisa à entrer.

— Que signifie cette intrusion, inspecteur?

— J'aimerais mettre un terme à votre grève de la faim; depuis vingt-quatre heures, vous n'avez rien absorbé.

L'aristocrate jeta un œil dédaigneux sur le plateau.

— Les scones sont frais?

— Je vous en donne ma parole. Quant au thé, il provient de Darjeeling.

Lady Jane avança la main droite pour en goûter un; Higgins versa une tasse de thé avec la lenteur nécessaire à la préservation de l'arôme. Après un scone, l'aristocrate dégusta un muffin puis un toast.

— Vous avez raison, inspecteur, cette grève de la faim était une idiotie. Mais quand me laisserez-vous partir d'ici? Cette demeure devient une prison. Je ne la supporte plus.

— Oublieriez-vous l'assassinat du comte Brian?

— Je ne pense qu'à lui. J'ai aimé cet homme,

passionnément, et je l'aime sans doute encore. Pourquoi m'a-t-il trompée avec des petites grues pour finir dans le lit de sa servante?

— Avez-vous des preuves de ce que vous avancez?

Lady Jane toussota.

— Une femme amoureuse ressent ce genre de choses, inspecteur. Brian avait beaucoup changé, après son voyage aux Indes; auparavant, il ne sortait pas de sa caste, même s'il la critiquait avec un mauvais goût qui pouvait passer pour de l'esprit. Ensuite, il s'est détourné des gens de sa condition et s'est intéressé à des femmes très jeunes. Que de déceptions et de petits matins tristes... j'eus aimé l'arracher à cette déchéance. J'ai échoué. Ses passions l'ont conduit à une mort tragique.

— Crime passionnel, à votre avis.

— Comment en irait-il autrement? L'assassin est devant vos yeux et vous ne le voyez pas.

— Consentiriez-vous à m'aider?

Higgins versa une seconde tasse de thé.

— Higgins... ce n'est pas un nom très bien porté, en Angleterre.

— Apparence, Lady Jane. Ma famille remonte aux croisades par la branche paternelle et... oserais-je l'avouer?

— Je vous en prie.

— Aux royautés celtiques par ma mère.

L'aristocrate frémit.

— Vous n'évoquez tout de même pas... le roi Arthur?

— Je me garderai de tout commentaire sur ce point. Sachez seulement que je prépare, dans le plus grand secret, un mémoire pour la Société royale d'histoire.

— M. Higgins... ou devrais-je dire...

— Continuez à m'appeler inspecteur.

Soudain complice, Lady Jane fut persuadée d'avoir devant elle un authentique baron de la vieille Angleterre, celle des temps héroïques, des batailles sanglantes et des conquêtes à la pointe de l'épée. A cet homme-là, elle pouvait se confier.

— Cette petite Despina est beaucoup moins innocente qu'il n'y paraît.

— Pourtant, elle n'appartient pas au cercle des collectionneurs.

— Certes ; mais elle y est reliée de manière indirecte... et cela pourrait expliquer bien des choses.

— Consentiriez-vous à m'aider davantage ?

Lady Jane toussota.

— Point trop n'en faut, inspecteur ; dépasser la mesure serait une faute de goût.

— Mes recherches risquent d'être longues.

L'aristocrate posa sa tasse de thé, se leva et se dirigea vers la salle de bains. Avant d'en franchir le seuil, elle s'immobilisa.

— En ce cas, adressez-vous à Lord Tennyson.

Dès qu'il eut pris congé, Higgins se dirigea vers la chambre du pilote. Soudain, un sifflement strident heurta ses oreilles ; il fut suivi de plusieurs cris, parmi lesquels « Halte ou nous tirons » et par des coups de feu. Changeant de direction, l'ex-inspecteur-chef sortit de la demeure.

Sur le perron, Scott Marlow jaugeait la situation.

— Le couple Kintbury a tenté de s'enfuir par le bois, expliqua-t-il. Nos hommes les ont rattrapés.

De fait, les policiers en uniforme ramenaient une Margaret furieuse, qui se débattait comme un fauve pris au piège, et un John dont le costume trois pièces était maculé de boue après une chute malencontreuse dans une fondrière.

— Délit de fuite caractérisé, refus d'obtempérer aux sommations... vous feriez mieux d'avouer, M. et Mme Kintbury.

— C'est de sa faute, répondit le banquier au superintendant ; c'est elle qui m'a obligé à courir ce risque.

— Nous n'avons rien à avouer, cracha Margaret Kintbury, parce que nous sommes innocents ; allez-vous enfin l'admettre ?

CHAPITRE XXXII

— Ces deux crétins ont signé leur crime, jugea Lord Tennyson. Crétins... peut-être pas autant que ça ! Comment ont-ils combiné leur affaire, inspecteur ?

— Le superintendant Marlow les interroge ; ils ne devraient pas tarder à passer aux aveux.

— Et vous êtes ici avec moi... la confession de deux assassins ne vous intéresse-t-elle pas ?

— La vôtre m'intéresse davantage pour le moment.

— La mienne ? Je ne comprends pas.

— Dois-je évoquer plus précisément Despina ?

Le pilote dénoua le foulard rouge qu'il portait autour du cou et le jeta au loin.

— La garce ! Elle a encore bavardé... que m'importe, après tout.

— Il m'importe beaucoup, indiqua Higgins. Vos liens...

— Mais non, je n'étais pas son amant ! Juste son employeur... Elle est jolie et délurée, je vous le concède, mais je préfère les voitures.

— Elle était donc à votre service.

— Une excellente employée, reconnaissons-le.

Non seulement dévouée mais aussi intelligente ; c'est ce qui m'a donné l'idée. Mon existence était hantée par une obsession : me venger du comte et récupérer la fabuleuse Bugatti royale qu'il venait d'acquérir dans une vente aux enchères. Une excellente solution : introduire un espion chez lui.

— Plutôt une espionne : Despina.

— L'occasion s'est présentée lorsque le comte a renvoyé tous ses domestiques pour vivre seul dans son domaine ; il ne recherchait qu'une seule servante capable d'assumer des tâches diverses sans l'importuner. Despina l'a séduit et il l'a engagée.

— Quelle mission précise lui aviez-vous confiée ?

— Observer les allées et venues du comte, m'indiquer la manière dont il protégeait ses collections et la Bugatti, me renseigner sur d'éventuelles difficultés financières... bref, être mes yeux et mes oreilles à Letchworth.

— Vous oubliez un détail : dresser un plan des couloirs, portes dérobées et autres escaliers.

— Cela allait sans dire ; je voulais tout savoir, sur ce misérable comte afin de lui nuire au maximum ! Pour un beau plan, c'était un beau plan.

— Vous semblez déçu.

— On le serait à moins, inspecteur ! Je lui avais promis une forte prime, une petite maison à la campagne et quelques autres babioles... généreux, non ? Et tout cela n'a pas suffi. Au terme de son premier mois de travail chez le comte, Despina m'a annoncé qu'elle n'espionnerait pas un homme merveilleux, délicat et digne de respect ; Brian de Letchworth, digne de respect ! J'ai cru mourir de stupéfaction. Bien entendu, j'ai immédiatement supposé qu'il l'avait payée plus cher que moi... elle a nié. Il ne me restait qu'une seule solution : la mettre à la porte.

— Vous n'avez donc rien appris.

— Rien du tout; croyez bien que je le regrette.

⁂

Emmett Barkway brandit un dossier devant Higgins.

— Je concède avoir commis une erreur; les cadeaux du comte ne sont pas des faux. Et l'assassin? L'avez-vous arrêté?

— Pas encore.

Le rouquin d'Oxford reprit de l'assurance.

— Un rôdeur... avez-vous songé à un rôdeur? Pénétrer dans ce domaine ne présente aucune difficulté. Il est entré, a volé, fut surpris par le comte et l'a tué.

— Êtes-vous souffrant, M. Barkway? Le Yard peut vous envoyer un excellent médecin. A moins que cette explication dérisoire ne soit une manière déguisée d'avouer votre forfait.

Le spécialiste des terres cuites se leva, très raide.

— Fussé-je un criminel, je ne serais pas assez lâche pour avouer. Après tout, c'est à vous de le démontrer.

— Dans cet art, Cambridge a souvent surpassé Oxford.

— Parce que vous êtes...

Higgins se contenta d'un discret sourire.

— Je ne peux plus croire à votre impartialité, inspecteur.

— Vous avez tort, M. Barkway; ce n'est pas votre seule allégeance à Oxford qui peut faire de vous un assassin.

⁂

L'incident se produisit peu après l'aube. L'attention des policiers, fatigués, avait fléchi ; tous attendaient le café brûlant du petit matin quand ils virent jaillir du garage une Bugatti lancée à plein régime. Le temps de réagir, la voiture de course avait disparu dans la grande allée.

Scott Marlow, furieux, lança aussitôt un avis de recherche concernant Tennyson Buzzard.

— Voilà qui met un point final à notre enquête, estima-t-il.

— Ne soyons pas trop pressés, superintendant.

— Cette fuite est un aveu !

— S'il s'agit bien d'une fuite.

***

La Bugatti revint au bercail deux heures plus tard ; elle s'arrêta dans le garage, à l'endroit précis d'où elle était partie. Les policiers se précipitèrent sur le pilote.

— Du calme, messieurs ! exigea Lord Tennyson, détendu.

Scott Marlow arriva à la rescousse.

— Pas un geste, Lord Tennyson : vous êtes en état d'arrestation.

— A cause d'une promenade en Bugatti ? C'est grotesque ! Sachez qu'une mécanique comme celle-ci a besoin d'exercice ; que je sois retenu ici, d'accord ! Mais pas elle. Demain, j'en ferai rouler une autre et personne ne m'en empêchera.

Superbe et sûr de lui, Lord Tennyson écarta les policiers et regagna sa chambre.

***

A dix heures quarante-neuf, un petit homme vêtu

d'un complet noir et coiffé d'un chapeau melon se présenta à l'entrée du domaine. Un *bobby* le conduisit aussitôt à Scott Marlow qui proposait à Higgins une confrontation générale.

— Je suis *sollicitor*, se présenta-t-il, en charge des affaires du comte Brian de Letchworth. Comme chaque mois, je viens travailler avec lui.

— Le comte ne pourra pas vous recevoir, déplora Higgins.

Le petit homme ne cacha pas un vif mécontentement.

— Ce serait bien la première fois... vous a-t-il donné une bonne raison?

— Il est mort.

Le notaire prit un temps de réflexion.

— L'argument ne manque pas de poids. Pourriez-vous me préciser les circonstances du décès?

— Assassinat.

— Ah... le cas avait été prévu par mon client.

Le petit homme fouilla dans sa serviette noire et en sortit une enveloppe brune.

— Voici son testament, rédigé par-devers moi et à n'ouvrir qu'en présence de deux représentants de Scotland Yard si le comte Brian a été victime d'un meurtre.

— Toutes les conditions sont réunies, conclut Higgins.

⁂

Conduite par un *bobby*, Despina entra dans le bureau du comte où trônait le superintendant; Higgins allait et venait, comme indifférent à la scène.

— C'est bien moi que vous vouliez voir? demanda-t-elle, inquiète.

— Oui, mademoiselle. Connaissiez-vous les dernières volontés du comte ?

— Bien sûr que non.

— Je n'en suis pas si sûr. Puisqu'il a été assassiné, vous héritez de tous ses biens.

— Moi ? Mais c'est insensé !

— Fort bien combiné, au contraire. Considérez-vous comme accusée de meurtre avec préméditation.

***

Seul dans le musée, à l'endroit exact où Brian de Letchworth avait poussé son dernier soupir, Higgins relut la quantité considérable de notes prises au cours de son enquête. Tant de voix divergentes avaient résonné à ses oreilles, tant de faux chemins lui avaient été indiqués... A présent, il voyait clair mais n'osait encore regarder la réalité en face tant elle s'annonçait horrible, sordide, diabolique. Comment un individu avait-il pu agir de la sorte ? Avant de venir à Letchworth, l'ex-inspecteur-chef n'entretenait guère d'illusions sur le genre humain, l'espèce la plus destructrice de la planète ; en pressentant la vérité, il devait lutter contre lui-même pour ne pas regagner immédiatement sa paisible demeure de The Slaughterers. Afin que l'âme du comte reposât en paix, il se devait d'identifier l'assassin.

CHAPITRE XXXIII

Lady Jane entra la première dans le musée ; maquillée à la perfection, le buste altier, elle resplendissait d'une jeunesse pourtant passée, dans une robe rouge qu'aucune autre femme n'aurait su porter de cette manière. Sans y être invitée, elle alla s'asseoir dans le fauteuil que Higgins avait disposé près de la sonnette d'alarme.

Puis entrèrent les Kintbury ; dans son costume trois pièces, banal et un peu usé, John semblait prêt à partir pour la banque. Margaret restait fidèle à son corsage trop lâche et à sa jupe étroite. Le couple se réfugia dans l'angle opposé de la vaste pièce, se cachant derrière les quatre bouddhas en or qui n'avaient pas participé au crime.

Emmett Barkway précéda de peu Kathlyn Amwell, mais les deux jeunes gens se séparèrent ; la portraitiste s'assit sur une chaise victorienne à côté de Lady Jane qui considéra avec dédain le modeste tailleur rose pâle. Le spécialiste des terres cuites, dans son pantalon bouffant et son pull écossais, se cala contre le mur, face aux deux femmes. A ses pieds, les pièces de collection rassemblées.

Bon dernier, Tennyson Buzzard n'avait pas abandonné sa tenue de pilote. Il dévisagea l'assemblée et, debout, s'installa dans le dernier angle libre, face aux Kintbury. Les bras croisés, le front haut, il ressemblait à une statue de conquérant.

— Ne manque-t-il pas la servante pour cette fameuse... « reconstitution », ironisa Lady Jane.

— Elle arrive, répondit Higgins.

Le superintendant amena Despina qui avait troqué ses habits de fonction pour un ensemble vert d'eau du meilleur effet. La servante et Marlow se placèrent devant la porte que ce dernier avait refermée.

La nuit était tombée depuis plus d'une heure ; un faible rayon de lune passant par l'unique fenêtre du musée le baignait d'une manière froide. Higgins alluma les bougies d'un candélabre provenant du salon d'honneur où reposait, pour sa dernière soirée à Letchworth, le comte Brian.

— Macabre mise en scène, jugea Emmett Barkway. Qui souhaite-t-on impressionner?

— Elle n'est pas tout à fait complète, précisa l'ex-inspecteur-chef. Il y manque le cadavre de la victime, l'arme du crime et les pièces à conviction. Rassurez-vous, ils seront néanmoins présents à notre pensée, d'autant plus que le comte, au-delà du mur de la mort, nous regarde et nous écoute.

— J'ai horreur des histoires de revenant, déclara Margaret Kintbury.

— Je peux ajouter un élément beaucoup trop négligé, continua Higgins en déposant au centre de la pièce la « canne Cromwell ».

— Ce petit bijou m'appartient, rappela Lady Jane.

— Nul ne le conteste ; si ma vision de cette affaire est correcte, l'assassin a utilisé cette canne-épée la nuit du meurtre. C'est pourquoi elle est un témoin de première importance.

Pesant fut le silence qui suivit les paroles de l'ex-inspecteur-chef.

— Vous attendez peut-être qu'il se dénonce? suggéra le banquier.

— Certes pas; je n'espère aucune faiblesse de sa part.

— Vous avez raison, rétorqua Emmett Barkway; un criminel d'envergure ne se livre pas pieds et poings liés à la police.

L'helléniste alluma une cigarette; l'odeur forte du tabac indien envahit le musée. Excédé, Scott Marlow intervint.

— Veuillez cesser de fumer, ordonna-t-il; vous indisposez les personnes présentes.

— Ah oui?

— Oui, M. Barkway.

L'ancien étudiant d'Oxford céda devant la détermination du superintendant.

— Je déteste la police, grinça-t-il en écrasant sa cigarette.

— Scotland Yard remonte dans mon estime, commenta Lady Jane.

Higgins consulta son carnet noir puis commença à faire lentement les cent pas.

— Le comte Brian était un esprit brillant et aventureux, il aimait provoquer, surtout étonner. Son comportement choqua nombre de ses relations; il sema des convoitises et récolta des ennemis. Vous en êtes tous d'excellents exemples.

— Songez-vous à nous accuser en bloc? demanda Margaret Kintbury.

— J'y ai songé, de même que le superintendant. En vous invitant, le comte organisait la plus magnifique des provocations; certains ont dû hésiter mais personne n'a décliné une offre aussi tentante. Une pièce rare, que dis-je, la pièce la plus rare venant compléter miraculeusement vos collections ! Qui aurait pu résister, même si l'invitation comportait l'annonce d'un meurtre ?

— Cette attitude ne fait pas de nous des coupables, rétorqua Lord Tennyson.

— Brian a joué un jeu dangereux, dit Lady Jane, un vrai collectionneur n'a ni foi ni loi lorsqu'il s'agit d'augmenter son trésor.

— C'est bien ce que le comte a voulu me faire croire.

— Je crois comprendre, avança Kathlyn Amwell ; l'un de nous n'est pas un vrai collectionneur et a revêtu ce masque pour mieux frapper.

— Je l'ai cru un certain temps, reconnut Higgins ; mais le comte avait lui-même choisi ses invités et n'a sélectionné que de véritables spécialistes. Il m'a indiqué une fausse piste en affirmant qu'un collectionneur ne reculerait pas à commettre un meurtre pour s'approprier l'objet convoité.

— C'est pourtant la vérité, décréta Lord Tennyson ; l'histoire ne manque pas de crimes de ce genre.

— J'en conviens, mais l'affaire Letchworth n'entre pas dans cette catégorie.

— Vous vous trompez, dit Emmett Barkway avec passion ; le comte ne s'est pas assez méfié de l'envie incoercible qui peut s'emparer d'un collectionneur. Entre nous, c'est la haine, mais une alliance temporaire est conclue lorsqu'il s'agit d'assouvir nos désirs. Le comte aurait dû nous donner nos cadeaux sans délai et nous laisser partir.

— Impossible.

— Pourquoi, inspecteur ?

— Parce que le comte se moquait de vos collections comme d'une guigne ; vos passions respectives lui ont seulement servi de prétexte. Superbe rideau de fumée, reconnaissons-le.

Lady Jane s'insurgea.

— Je ne vous suis pas, inspecteur... Brian adorait l'originalité mais ne ressemblait pas au manipulateur que vous décrivez ; quel but aurait-il poursuivi ?

— Tuer l'un d'entre vous, répondit Higgins.

CHAPITRE XXXIV

— Le comte, un assassin ? Invraisemblable.

Outrée, l'aristocrate se confina dans sa dignité.

— Si Brian de Letchworth vous a choisis, poursuivit Higgins sans se troubler, c'est en raison de vos facultés d'observation. Tout bon collectionneur a l'œil vif et le goût du détail.

— Complètement contradictoire ! protesta Margaret Kintbury ; vous parlez du comte comme d'un forban qui cherche à dissimuler son crime et vous prétendez qu'il nous a invités pour l'observer. Ça n'a aucun sens !

Scott Marlow, bien qu'il n'appréciât guère la voix haut perchée de la conseillère conjugale, partageait son analyse.

— C'est pourtant simple, expliqua l'ex-inspecteur-chef : le comte avait projeté de supprimer l'un de vous mais des témoins étaient nécessaires pour le disculper.

— Je ne comprends toujours pas, déplora John Kintbury.

Higgins feuilleta quelques pages de son carnet.

— Vous-même, M. Kintbury, avez remarqué la présence d'une épingle sur une marche du perron, de même que Lady Jane; Kathlyn Amwell a su discerner de discrètes initiales sur une écharpe, Margaret Kintbury un grain de poussière sur un costume; et M. Barkway est une excellente vigie : preuves de talents particulièrement chers au comte Brian qui n'a pas hésité à les utiliser. Grâce à vous et à votre concours inconscient, il accréditait l'existence d'un autre assassin qui l'innocentait *ipso facto*.

— *Ipso facto*, répéta Kathlyn Amwell, interloquée; pourriez-vous être plus clair?

Très concentré, le visage presque fermé, Higgins s'arrêta au milieu du musée, à deux pas de la canne-épée.

— Le comte avait projeté de supprimer un adversaire sans être incriminé; afin d'échapper à la justice, il s'était arrangé pour faire peser les soupçons sur quelqu'un d'autre en utilisant les facultés d'observation de chacun des collectionneurs ici présents. Est-ce plus clair?

« Non », répondit mentalement Scott Marlow qui n'osa pas interrompre la marche en avant de son collègue.

— Non, clama Lord Tennyson. Votre exposé est tout à fait obscur; vous vous moquez de nous et nous faites perdre notre temps; si Scotland Yard patauge, qu'il l'avoue.

Higgins se dirigea vers l'amateur de Bugatti et s'immobilisa à moins d'un mètre de lui.

— Intéressons-nous plus particulièrement à votre cas, Lord Tennyson.

De sa main gantée, le pilote caressa ses favoris.

— Mes Bugatti?

— Je ne parle pas de votre collection mais de vous-même et plus particulièrement de vos relations si étonnantes avec la servante du comte de Letchworth.

Despina, toute proche de Lord Tennyson, cessa de le regarder et fit un pas vers Higgins.

— Il a... il a tout dit?

— Je le crains, mademoiselle.

— Quelle importance, ma fille? Brian de Letchworth était mon ennemi juré; je vous ai payée pour l'espionner et tenter de récupérer au plus vite une voiture de collection qui me revenait de droit; ce n'est pas un crime, que je sache!

— Cet argent-là, protesta-t-elle, indignée, je ne l'ai pas accepté!

Lord Tennyson haussa les épaules.

— Le comte vous a séduite et vous m'avez trahi, voilà tout; ne tentez pas de vous faire passer pour un ange.

— Il s'agit plutôt d'un démon, ajouta Lady Jane; si Lord Tennyson et moi-même dénonçons cette Despina comme une créature malfaisante, tenez-en compte, inspecteur.

La servante se révolta.

— Avec vos titres et vos grands airs, vous êtes des monstres de fatuité! Croyez-vous que des quartiers de noblesse suffisent à engendrer des êtres purs et droits? C'était pourtant le cas du comte Brian. Il se moquait de son rang; pendant ses voyages il avait côtoyé la détresse humaine. Lui ne collectionnait pas des objets inutiles mais des souvenirs vivants.

— Vous l'avez quand même assassiné, accusa Lady Jane.

— Que votre langue de vipère vous étouffe!

L'aristocrate se sentit défaillir.

— Inspecteur... on ne m'a jamais parlé sur ce ton!

« Il y a un commencement à toute chose », pensa Higgins. Despina s'approcha de lui et le regarda droit dans les yeux.

— Je respectais le comte ; il m'a confié la lourde tâche d'entretenir cette demeure et je m'en suis acquittée de mon mieux car j'aime cet endroit. Servir d'espionne me fut impossible ; j'ai d'ailleurs prévenu très vite Lord Tennyson afin de dissiper toute équivoque.

— Exact, reconnut le pilote ; je suis encore fort mécontent de cette attitude. Entre un Letchworth et un Buzzard, vous auriez pu mieux choisir.

— L'important, déclara Lady Jane, c'est que cette fille quitte au plus vite cette demeure.

— Une vive déception vous attend, prophétisa Higgins.

— De quel ordre ?

— Despina est l'unique héritière du comte.

— Héritière, répéta l'aristocrate abasourdie.

— Ça... ça alors ! s'exclama Lord Tennyson.

— Conclusion scientifique, déclara doctement Emmett Barkway : cette Despina a conquis les bonnes grâces du comte et l'a assassiné par surprise afin d'empocher le magot. J'avais d'ailleurs surpris, entre eux, quantité de regards complices et d'attitudes équivoques ; ces deux-là se comprenaient à demi-mots, comme amant et maîtresse. Brian de Letchworth avait simplement oublié qu'une fille de peu ne s'intéresse qu'à l'argent.

Despina, en larmes, se réfugia dans les bras d'Higgins.

— Défendez-moi, inspecteur... défendez-moi !

— Nous allons essayer, mademoiselle, si vous gardez un certain contrôle sur vous-même ; il en va de votre dignité devant l'adversité.

La jeune femme redressa la tête, sécha ses larmes et, aux côtés de l'ex-inspecteur-chef, fit face à une assemblée résolument hostile.

Quelque peu choqué par tant de familiarité, Marlow, d'instinct, ne croyait pas à la culpabilité de la servante ; mais, aux côtés d'Higgins, il avait appris à se méfier des trop jolies jeunes personnes qui usaient de larmes et de sourires comme d'artifices d'une efficacité redoutable.

— Sans vouloir accuser Despina, dit Margaret Kintbury, acide, il faut admettre qu'elle connaît tous les passages secrets de Letchworth et peut s'y déplacer à sa guise et sans être vue de personne.

— Autrement dit, la relaya John Kintbury, elle a pu entrer dans ce musée et tuer son amant.

Le regard fier, la servante tint tête.

— Le comte m'avait prévenue : il engageait une partie exaltante, la plus importante de son existence. J'ai senti le danger, il m'a affirmé qu'il n'y en avait aucun. Cette fois, il se trompait lourdement.

— Étrange, estima Kathlyn Amwell ; à une maîtresse, n'ouvre-t-on pas son cœur plus largement ?

— Je n'étais pas sa maîtresse.

Lord Tennyson éclata de rire.

— Allons, Despina ! Cessez de nous faire avaler des couleuvres. Rien ne vous échappe, ici ; vous connaissiez tout des projets du comte et de cette demeure. A présent, je comprends les paroles de l'inspecteur Higgins : c'est vous que le comte désirait tuer afin de se débarrasser d'une maîtresse devenue encombrante. Vous avez senti le péril et l'avez pris de vitesse.

Un voile se déchirait.

— Il y a bien eu tentative de meurtre, rappela Scott Marlow, avec une épingle appartenant précisément à Despina. De plus, une épingle ornée d'une perle rare offerte par le comte lui-même !

Higgins apprécia la mémoire du superintendant; Marlow s'était penché avec attention sur les éléments qu'il lui avait transmis.

— Ignoble, jugea Lady Jane; cette fille mérite la corde. Je demanderai en haut lieu l'autorisation d'assister à sa pendaison.

Despina demeurait étrangement calme.

— Non seulement il n'y a pas eu meurtre, déclara-t-elle d'une voix ferme, mais encore même pas une tentative.

— Comment osez-vous avancer d'aussi misérables arguments...

— Votre arrogance naturelle ne vous rend guère perspicace, Lady Jane, n'avez-vous pas compris que cette fausse tentative d'assassinat était un montage?

Despina, d'un œil inquiet, quêta l'aide d'Higgins.

— Montage... le terme est intéressant.

— Expliquez-vous, sollicita Kathlyn Amwell.

— Cette fille devient folle, assena Lady Jane; elle invente n'importe quoi.

Scott Marlow se sentait partagé entre des sentiments contradictoires; le charme de Despina ne suffisait pas à l'innocenter et ses arguments semblaient bien fragiles.

— Les soupçons pesant sur Despina reposent sur un fait acquis, rappela Higgins : elle était la maîtresse du comte. Or, elle le nie.

Lady Jane toussota.

— Amusant, inspecteur. Cette dénégation vous paraîtrait-elle crédible?

— Tout à fait; Despina fut une excellente servante. Ce que le comte apprécia fut justement sa capacité à ne jouer ni de sa beauté ni de sa jeunesse pour l'attirer; complices, ils le furent.

— Sur quoi fondez-vous votre conviction? demanda Kathlyn Amwell.

— Lorsque Despina a découvert le cadavre, elle s'est exclamée « M. le comte »; puis elle s'est évanouie et, à son réveil, a de nouveau utilisé les mêmes mots.

— Qu'est-ce que ça prouve? interrogea John Kintbury.

— Despina s'est exprimée en servante, avec des termes respectueux; une maîtresse aurait dit : « Brian ».

CHAPITRE XXXV

— Vous voilà bien fleur bleue, répliqua le banquier ; moi, je ne m'embarrasserais pas de telles nuances et enfermerais cette fille au plus vite.

— Pour une fois, mon chéri, tu fais preuve de fermeté.

Les époux Kintbury échangèrent un regard approbateur.

— Touchante complicité, observa Higgins en abandonnant Lord Tennyson et en approchant d'eux ; elle ressort malheureusement des circonstances.

— Je ne vous permets pas ! attaqua Margaret Kintbury en essuyant les ailes de son nez où perlait une sueur inopportune.

L'œil courroucé de Marlow brisa l'agressivité de la conseillère conjugale.

— Scotland Yard vous inculpe l'un et l'autre de vol qualifié ; les pièces à conviction ont été saisies. Vous aurez besoin d'un bon avocat car l'accusation plaidera certainement la thèse du pillage dans la demeure d'un mort.

— C'est... c'est scandaleux !

John Kintbury, conscient que la situation se dégradait, se cacha davantage derrière les bouddhas.

— Un détail m'intrigue, souligna Higgins en consultant ses notes; pourquoi êtes-vous restés fiancés pendant cinq ans?

— Par respect mutuel, répondit Margaret tendue.

— Ne serait-ce pas plutôt par méfiance? L'un et l'autre vouliez être absolument certains de réaliser une bonne affaire avant de prendre un engagement aussi important que le mariage. Quelle ne fut pas votre déception, Mme Kintbury, lorsque vous vous êtes aperçue que M. Kintbury vous avait menti. Belle situation, certes, mais fortement compromise par de lourdes dettes et sans doute pis encore.

— Il n'a quand même pas...

— Mais si, Mme Kintbury, votre époux a certainement confondu ses finances personnelles et celles de la banque afin d'assouvir sa passion de collectionneur. Lorsque le pot aux roses sera découvert, une plainte sera déposée contre lui et il ira en prison pour un second motif.

— Elle le savait! hurla John Kintbury; je le lui ai avoué ici même, dans cette maison; c'est pourquoi nous avons tenté deux fois de nous enfuir, la première avec quelques objets faciles à négocier, la seconde les mains vides.

— Tais-toi donc, imbécile! Nos avocats sauront nous défendre si tu retiens ta langue.

Le banquier, maté, baissa la tête.

— Vous êtes un excellent observateur, M. Kintbury, rappela Higgins. C'est vous qui avez découvert l'épingle de Despina sur une marche du perron; pourquoi ne pas l'avoir ramassée?

— Tais-toi, exigea de nouveau la conseillère conjugale.

Le banquier offrit à Higgins un sourire gêné.

— Je ne sais pas... la crainte d'être accusé, sans doute.

— En matière de lâcheté, vous êtes un expert de première grandeur ; mais il existe une autre raison.

Scott Marlow sentit que son collègue approchait du but ; le couple Kintbury avait sans doute dépassé les bornes de la veulerie pour entrer dans l'univers du crime.

— De minuscules indices m'ont intrigué, indiqua Higgins ; Galinaia Plioutchskaia, dont vous convoitiez tant les chaussons, n'a-t-elle pas été poignardée ? Cette fin tragique vous a obsédé au point de songer à supprimer le comte, votre ennemi, avec une arme blanche.

— C'est une plaisanterie, inspecteur.... je suis le plus pacifique des hommes !

— Le plus lâche, rectifia son épouse : ce serait bien dans ton style.

— Vous ne devriez pas charger votre mari, recommanda Higgins ; il a tellement peur de vous qu'il finit par vous protéger.

Margaret Kintbury leva le nez et haussa le ton.

— Ça m'étonnerait beaucoup.

— Ne provoque pas l'inspecteur, ma chérie... dis-lui bien que nous sommes complètement innocents. C'est le comte qui nous a mêlés à cette sinistre histoire avec l'intention de nous nuire et de ruiner notre réputation.

La conseillère conjugale regarda son époux avec le plus grand mépris.

— Ta réputation... celle d'un banquier véreux qui dilapide notre fortune ; c'est moi qui suis ruinée !

Scott Marlow, qui croyait aux vertus de la prison, se réjouissait d'y envoyer ces deux personnages détestables; le règlement, en imposant leur séparation, éviterait un nouveau crime.

— Cette fameuse épingle, Mme Kintbury, l'aviez-vous remarquée ?

— Je ne m'intéresse pas aux bijoux des servantes, inspecteur.

— Quand il l'a repérée sur la marche du perron, votre mari vous en a-t-il parlé ?

— Non, répondit-elle fermement en fixant John Kintbury qui entrouvrit les lèvres mais renonça à parler.

— Je crois que si, objecta Higgins. Vous l'avez contraint à se taire et à vous obéir.

— Et pourquoi donc ?

— Cesse de le défier, implora de nouveau le banquier ; il sait trop de choses.

— Moi, je n'ai peur de personne.

— Vous détestiez le comte, rappela Higgins, parce qu'il vous avait bafouée en public ; ce n'était pas un cadeau, même somptueux, qui pouvait dissiper votre haine. Cette invitation inespérée vous donnait l'occasion de vous venger : l'aiguille, Mme Kintbury.

La lumière se fit dans l'esprit de Scott Marlow.

— Pour tuer quelqu'un en lui introduisant une aiguille dans l'oreille, intervint-il, il faut de solides connaissances anatomiques ; or, vous les possédez puisque vous avez travaillé comme aide-soignante chez un oto-rhino-laryngologiste qui vous a enseigné des techniques ; vous les avez détournées pour tuer !

Higgins rendit un hommage muet aux capacités de déduction de son collègue qui utilisait au mieux les éléments dont il disposait.

— C'est faux, protesta Margaret Kintbury, je n'ai jamais utilisé cette arme contre le comte !

Au moment où Marlow s'apprêtait à porter une accusation définitive, Despina prit la parole.

— Je le déplore, mais cette femme dit la vérité.

— Comment le savez-vous, mademoiselle ?

— Parce qu'il s'agit d'un montage ; je me tue à vous le répéter !

CHAPITRE XXXVI

Higgins abandonna les Kintbury, recroquevillés à l'abri des bouddhas, et se retourna vers Tennyson Buzzard.

— Est-ce aussi votre avis?

Le pilote palpa sa barbe.

— Ça ne m'éclaircit guère... tout ce que je sais, c'est que je haïssais ce maudit Brian et que j'aurais aimé lui passer sur le corps avec une Bugatti. Il y a quand même une justice, puisque j'ai obtenu mon dû... mais ma jambe, je ne la récupérerai pas et moi, le meilleur pilote du Royaume-Uni, je ne gagnerai jamais le rallye des voitures de collection. Comment pourrais-je accorder mon pardon, même à un mort?

— Impossible de vous persuader qu'il s'agissait d'un accident et que le comte Brian ne cherchait pas à vous tuer?

— Impossible.

Fort en gueule, haut en couleur, matamore... ces qualificatifs, selon Marlow, s'appliquaient à cet aristocrate que la passion des Bugatti avait rendu un peu fou. Sa rancœur était-elle exacerbée pour le transformer en criminel? Le superintendant poussa un pion sur l'échiquier.

— La présence de vos empreintes de pas, la nuit du crime, si près de la chambre du comte, demeure énigmatique.

— Pas le moins du monde : comme je l'ai expliqué, je me suis promené. Je ne ressemble pas aux Kintbury; moi, je ne m'enfuis pas. Si j'avais voulu disparaître, avec ma Bugatti, vous ne m'auriez jamais retrouvé.

Marlow battit en retraite; l'argumentation de Lord Tennyson le convainquait. Higgins, cependant, ne lâcha pas prise.

— Un homme qui porte toujours des gants ne laisse pas d'empreintes.

— Je me moque de laisser des empreintes puisque je n'ai rien à cacher; un bon pilote doit être prêt à prendre le volant, quels que soient le lieu et l'heure. Sans gants, difficile de manier correctement le volant : un point, c'est tout.

— Pourquoi l'une de vos paires de gants était-elle cachée dans la boîte à lunettes de Kathlyn Amwell?

La question ne dérouta pas Lord Tennyson.

— Je n'en sais fichtrement rien et je m'en moque.

— Il existe pourtant une explication simple : vous connaissiez le chemin pour aller de votre chambre au musée sans être repéré. Là, vous aviez fixé rendez-vous au comte; très vite, le ton est monté. Vous l'avez assommé avec l'un des bouddhas puis dissimulé vos gants dans la première cachette venue.

— Je ne quitte mes gants que pour me laver les mains et prendre ma douche, inspecteur. Si j'avais eu la chance de briser le crâne de Brian, je les aurais gardés, lavés et remis. De plus, je ne connais aucun des passages secrets de cette maison; j'avais payé Despina pour obtenir ce type de renseignements mais elle a refusé de m'aider.